MICHAEL WANNER
TÖDLICHER GEBURTSTAG

Michael Wanner

Tödlicher Geburtstag

Kriminalroman

© 2012 AAVAA Verlag

Alle Rechte vorbehalten

1. Auflage 2012

Umschlaggestaltung: AAVAA Verlag, Berlin
Coverbild: iStockphoto: 19744981, Key Lime Pie

Printed in Germany

ISBN 978-3-8459-0084-1

AAVAA Verlag
www.aavaa-verlag.com

ERSTER TEIL

EINS

Simone, 50

24. Dezember 2010, 0 Uhr 23. Bergfriedhof.

Ich habe ihn umgebracht!
Ganz allein.
An seinem 75. Geburtstag habe ich meinen Vater getötet.
Obwohl ich ihn liebte. Wirklich. Er war ein guter Vater. All' die
Jahre.
Und dann tut er mir etwas vom Abscheulichsten an, was ich mir
vorstellen kann!
Nein, Mama. Es war kein sexueller Missbrauch. Aber ich bin mir
nicht sicher, ob das wirklich schlimmer gewesen wäre!

ZWEI

Christiane, 46

24. Dezember 2010, 0 Uhr 48. Arbeitszimmer der Villa Silcherstraße 29.

Ich habe ihn umgebracht.
Ohne jede fremde Hilfe.
An seinem 75. habe ich Bernhard Stamm getötet.
Das heißt, im Moment lebt er noch. Aber nicht mehr lange.
Es ist erstaunlich, wie leicht und flüssig sich solche - eigentlich ungeheuerlichen - Sätze in ein Tagebuch schreiben lassen.

DREI

Birgit, 45

24. Dezember 2010, 1 Uhr 17. Küche der Zweizimmerwohnung Akazienweg 12.

Ich hab's getan, Lizzy!

Endlich.

Ich hab' Papa umgebracht.

Eigentlich hätt' ich es schon viel früher tun sollen. Gleich, nachdem die ganze Scheiße rausgekommen ist. Aber da hab' ich nicht den Mumm dazu gehabt.

Damals nicht.

Gestern schon.

VIER

Christiane

Bis ich tatsächlich so weit war, wälzte ich mich in Dutzenden von schlaflosen Nächten von der einen auf die andere Seite. Oft brannte das Licht, bis es hell wurde. Von jedem einzelnen Quadratzentimeter meines Schlafzimmers könnte ich inzwischen eine präzise Beschreibung abliefern.

Gestern Nachmittag hatte ich Glück, weil Birgit ziemlich schnell wieder verschwunden war. Angeblich, weil sie unbedingt noch irgendetwas mit ihrem Fitnessstudio regeln musste. Aber wahrscheinlich hatte sie schon wieder irgendeinen neuen Typen an der Angel - muskulös, braun gebrannt, Goldkettchen.

Meine Güte! Dass die das nicht allmählich Leid wird! Nicht *eine* Beziehung hält länger als fünf, höchsten sechs Wochen. Aber dafür mindestens fünfmal im Jahr! Da kann doch gar nichts Vernünftiges draus werden, wenn sie …

Wie auch immer: Birgit war schon weg, und Simone hatte sich verspätet. Ich habe keine Ahnung, warum. Sie ist doch bloß Hausfrau und hat - seit die Kinder ausgezogen sind - den lieben langen Tag nichts zu tun, außer Staub zu wischen, Fertiggerichte in die Mikrowelle zu schieben sowie zwei Teller, zwei Messer und zwei Gabeln abzuspülen. Vielleicht hat sie sich wegen der traditionellen Zitronentorte verspätet. Da hat sie ja jedes Mal irrsinnig viel Zeit investiert.

Ich hätte eine Backmischung genommen!

Wie auch immer: Ich war also mit Bernhard allein zuhause. Als er zur Toilette ging, nutzte ich die Gelegenheit und war blitzschnell in seinem Schlafzimmer verschwunden. Die Placebos hatte ich schon vorher in der Klinik zusammengesucht und mitgebracht. Sie gegen Bernhards Tabletten auszutauschen, war ein Kinderspiel. Immer sonntags richtet er seine Medikamente für die nächste Woche her, und immer legt er sein Pillendosett akkurat parallel zur Schubladenwand ausgerichtet in den Nachttisch.

Nach seinem zweiten Infarkt vor mehr als einem Jahr war einer der beiden Stents - obwohl mein Kollege ausgezeichnete Arbeit geleistet hatte - schon wieder dabei, sich zuzusetzen. Deshalb brauchte Bernhard dringend regelmäßig Mittel zur Blutverdünnung und zur Senkung der Blutfettwerte. Er musste regelmäßig Acetylsalizylsäure, Clopidogrel und Simvastatin einnehmen. Ich sah mir Form und Farbe der Tabletten genau an. Entsprechende Placebos zu finden, war für mich natürlich überhaupt kein Problem.

Nach maximal acht Tagen wird er seinen dritten Infarkt bekommen. Es wird mit Schmerzen in der linken Brustseite anfangen, wie es das immer tut. Dann werden sie in den linken Oberarm ausstrahlen. Vielleicht schafft er es noch, seinen Hausarzt, Dr. Wegener, anzurufen. Auf dem Festnetz, denn sein Handy, auf dem auch die Nummer des Roten-Kreuz-Notdienstes gespeichert ist, und das immer in seiner Nachttischschublade lag, habe ich in seinen Schreibtisch verfrachtet, ohne dass ihm das bisher aufgefallen wäre, weil er es ohnedies nie benutzt.

Suchen wird er nicht mehr danach können, weil er vorher mit Sicherheit ohnmächtig werden wird.

Also: Selbst wenn er noch in der Lage sein sollte, Dr. Wegeners Nummer zu wählen - was zwar mehr als unwahrscheinlich, wenn auch nicht völlig auszuschließen ist - wird ihm das nichts nützen. Bernhards Hausarzt fährt am ersten Weihnachtsfeiertag nach Davos zum Skifahren und kommt erst Mitte Januar wieder zurück. Ich habe mich äußerst diskret bei seinem Schachpartner erkundigt - ein Kollege von mir aus der Klinik.

Es ist zwar möglich, dass es Bernhard noch gelingt, den Text des Anrufbeantworters von Dr. Wegener abzuhören: Name und Nummer des Stellvertreters wird er sich nicht mehr aufschreiben können. Sie sich zu merken wird er mit Sicherheit auch nicht mehr schaffen.

Viel wahrscheinlicher jedoch ist, dass er sofort versucht mich anzurufen. Meine Nummer ist im Festnetzapparat als Kurzwahl gespeichert. Aber selbst wenn: Bis ich ankomme, wird es zu spät sein. Obwohl ich - selbstverständlich - alles stehen und liegen lassen, und wie eine Verrückte durch die Stadt rasen werde. Zumindest erzähle ich das hinterher jedem, der es wissen will.

Wie auch immer: *Ich* werde es sein, die ihn findet. Entweder, weil er mich angerufen hat. Oder es wird „Zufall" sein, weil ich - wie sich das für eine gute Tochter gehört - ab sofort jeden Tag nach meinem alten, armen, herzkranken Vater schaue.

Maria wird zu diesem Zeitpunkt noch in der Psychiatrie sein. Ich habe mich bei den Kollegen dort erkundigt.

Und falls je Simone oder Birgit ihn vor mir finden sollten, ändert das gar nichts. Beide werden mit Sicherheit als Erstes bei mir anrufen. Wo denn sonst? Und in Abwesenheit von Dr. Wegener werde ich es sein, die den Totenschein ausstellt. Und wer würde es wagen, einen Totenschein anzuzweifeln, der ausgestellt wurde von Frau Prof. Dr. med. Dr. rer. nat. Christiane Stamm?

FÜNF

Birgit

Es ist viel einfacher gewesen, als ich gedacht hatte.

Zuerst allerdings nicht. Da hatte ich überhaupt keinen Plan. Ich meine, *wie* ich ihn umbringe, ohne für den Rest meiner Tage hinter schwedischen Gardinen zu landen. Aber dann ist mir eine geniale Idee gekommen.

Zimtsterne.

Er steht ... stand immer total auf meine Zimtsterne.

Ja, ist ja gut, Lizzy. Ich weiß. Du magst die Dinger auch wie verrückt. Alles klar. Ist ja eigentlich auch nicht normal, dass ein ausgewachsener Schäferhund Zimtsterne runterschlingt wie andere ihr Chappi.

Aber was soll's. Es ist seit etwas mehr als einer Stunde Heiliger Abend. Da will ich mal nicht so sein. Wart, ich hol' dir ein paar. Du brauchst keine Angst zu haben. In *denen* ist nichts drin, was nicht reingehört.

So gesehen, Lizzy, war es ziemlich günstig, dass Papa einen Tag vor heilig Abend Geburtstag hat.

Ich hab' mir alles ganz genau überlegt. Zum Beispiel: Ich konnt' nicht nur mit einer Dose voll Zimtsterne ankommen. Er hätt' zwar keinen Ton gesagt. Aber er wär' sauer gewesen. Deshalb hab' ich noch schnell im Vorbeigehen irgendeinen Staubfänger mitgenommen, der eigentlich für den Flohmarkt bestimmt war. Ich musste sicherstellen, dass er bei Laune bleibt. Er sollte die Zimtsterne ja schließlich essen. Ich kenne ihn: Wenn er schmollt, schmollt er. Da ist er imstand und lässt meine Zimtsterne extra

13

hart werden. Und ich kann dann sehen, wie ich mit meinem schlechtem Gewissen klarkomme. Oh ja, wenn er was gut drauf hatte, dann das. Einem ein schlechtes Gewissen einimpfen.

Dabei ist er nicht immer so gewesen. Überhaupt nicht.

Erst, nachdem er wieder da war.

Ich war acht damals, Simone dreizehn, und Christiane neun. Als er die Fliege gemacht hat. Bis heute weiß keine von uns drei, wo er eigentlich abgeblieben ist.

Von einem Tag auf den anderen: Weg wie Buschmanns Henne. Und genauso Knall auf Fall stand er dann nach fünf Monaten wieder auf der Matte. Heute denk' ich, es war wahrscheinlich nur eine dieser Trivi-Geschichten. Wie nachmittags auf SAT 1. Dem Vati mit einem Stall voll Kinder fällt die Decke auf den Kopf. Er wurstelt trotzdem genauso weiter wie immer. Nörgelt ständig an allem und jedem rum. Tut aber nichts dagegen. Gegen das, was ihm auf den Geist geht. Irgendwann hat er so die Schnauze voll, dass er sich eine Zwanzigjährige sucht und mir nichts dir nichts mit ihr abhaut. Und wenn die Zwanzigjährige ihn dann satthat und sich einen gleichaltrigen Lover zulegt, kommt er zurück zu Mutti und wedelt mit dem Schwanz.

Natürlich haben wir ihn gelöchert. Alle drei. Aber es war ziemlich schnell klar, dass er die Auster gibt. In Ordnung. *Er* wird vielleicht seine Gründe gehabt haben. Aber Mama? Warum hat die nie einen Ton gesagt?

SECHS

Simone

Papa hatte viele Talente. Keine Frage. Aber eins beherrschte er perfekt: Er konnte Geschichten erzählen wie kein Zweiter! In der selbst gezimmerten Hütte. Im Wald. Vorher vergrub er meistens noch einen „Schatz". Hängte ihn an einen Baum. Oder versteckte ihn im Bach. Unter Steinen.

Er stellte uns Rätsel. Mit einzelnen Buchstaben als Lösung. Zusammen ergaben sie den Fundort des Schatzes.

Meistens waren die Rätsel nicht besonders schwierig. Als ich mich einmal darüber beschwerte, erklärte er es mir. Meine beiden jüngeren Schwestern sollten auch eine Chance haben.

Und wenn wir partout nicht weiter wussten, gab er uns kleine Hinweise. Aber immer so, dass wir das Gefühl hatten, selbst auf die Lösung gekommen zu sein. Und er freute sich. Fast noch mehr als wir. Wenn wir die Tafel Schokolade oder die Tüte Gummibärchen endlich gefunden hatten.

Meistens war Christiane die Schnellste.

Christiane! Immer das leuchtende Vorbild. Immer sie.

‚Kannst du nicht *einmal* deine Hausaufgaben ohne Fehler machen? So, wie Christiane!' Oder: ‚Schon wieder nur eine Vier! Christiane ist nie schlechter als eins oder höchstens zwei!'

Ich konnte es nicht mehr hören!

Aber wenn wir dann zusammen mit ihm in der Hütte saßen. Uns gegenseitig süße Schokolade in den Mund steckten. Mit klebrigen Fingern. Tee mit Honig aus dem Topf schöpften, der über dem offenen Feuer hing. Gebannt zuhörten, wie die Helden in seinen

Geschichten sämtlichen Gefahren trotzten. Und schließlich siegreich aus allen Kämpfen hervorgingen: Dann waren wir vier ein Herz und eine Seele. Papa, Christiane, Birgit und ich.

Du warst nur ganz selten einmal dabei, Mama. Wenn wir loszogen in Richtung Hütte. Und falls doch, dann stritten Papa und du. Meistens richtig laut. Manchmal auch mit spitzen Andeutungen. Oft nur mit Blicken.
Wir Kinder konnten das nicht verstehen.
Wir wussten das mit Christiane damals ja noch gar nicht.

Aber wenn's drauf ankam, konnten wir uns trotzdem auf euch beide verlassen.
‚Nicht in Gymnasialklasse 10 versetzt'.
Stand dick und fett unter meinen einzelnen Zensuren. Ich wollte nur noch weg. Möglichst weit. Von der Schule. Von zuhause. Von allem. Einfach weg.
Und ihr?
Keine Strafe, kein Vorwurf, nichts. Obwohl ich euch immer vorgemacht hatte, dass es in der Schule keine Probleme gäbe.
Papa ließ alles stehen und liegen. Stellte Proviant für mehrere Tage zusammen. Packte das Zweimannzelt sowie unsere Schlafsäcke in den Kofferraum. Und ab ging es in den Schwarzwald! Wir wanderten von Nord nach Süd. Und von morgens bis abends.
Wir redeten.
Ununterbrochen. Drei Tage lang.
Als wir mit dem Zug zurückgefahren waren und wieder ins Auto stiegen, konnte ich mir vorstellen, das Abitur doch noch zu schaffen.

Heute Nachmittag kam ich fast eine Stunde zu spät zum Gratulieren. Birgit und Christiane waren schon wieder weg. Du weißt:
In Sachen Pünktlichkeit war mit Papa nicht zu spaßen. Wenn er
bei seiner Einladung drei Uhr gesagt hatte, tat man gut daran, um
Punkt drei auf den Klingelknopf drücken. Sonst war er sauer.
Aber ich konnte wirklich nichts dafür. Meine Freundin Anna. Mit
der ich jeden Mittwoch Bauch-Beine-Po mache. Und hinterher
einen Campari trinken gehe. Sie hatte mich gefragt, ob ich kurz
auf ihren Enkel Niklas aufpassen könne. Sie müsse nur ganz
schnell in die Stadt. Die letzten Weihnachtsgeschenke besorgen.
Als Niklas dann da war, musste er mir ja unbedingt beim Ku-
chenbacken helfen! Er quengelte die ganze Zeit. Bis ich ihm einen
Klumpen Teig abschnitt. Und zum Auswellen in die Hand drückte. Ich hoffte, dass er damit eine Weile beschäftigt wäre. Aber
kaum drehte ich mich um, verlor er schon wieder die Lust. Er
schnappte sich ein Messer. Fing an, an einem Apfel herumzu-
schnitzen. Und prompt säbelte er sich natürlich den halben Finger ab! Es half nichts. Ich musste mit ihm in die Klinik.
Der Kleine tropfte den ganzen Boden mit Blut voll. Deshalb kamen wir zwar ziemlich schnell dran. Aber dann dauerte es doch
fast zwei Stunden. Bis der Finger genäht war. Und alle Formalitä-
ten erledigt. Als ich dann endlich wieder zuhause war, sah die
Küche aus wie ein Schlachthaus. Und die Zitronentorte für Papa
war immer noch nicht fertig. Du kannst dir vorstellen, was los
gewesen wäre! Papa hätte stundenlang den Gekränkten gegeben.
Das konnte er! Noch besser als Geschichten erzählen. Aber wem
sage ich das, Mama?
Endlich war ich fertig. Aber dann musste ich auch noch ewig fahren. Bis zu diesem Kuhkaff.
Solange Papa arbeitete, wohnte er noch dort, wo meine Schwestern und ich groß geworden sind. In unserer Doppelhaushälfte.

Mitten in der Stadt. Das Häuschen am Dorfrand kaufte er erst später. Kurz, bevor er in Rente ging. Wegen des Gartens. Und der Laube.

Nachdem ich vor lauter Hektik fast noch einen Unfall gebaut hatte, kam ich ziemlich erschöpft an. Die Torte war noch warm. Ich bekam ihn fast nicht aus der Form. Papa *war* sauer. Aber er regte sich auch wieder ab. Es wurde dann eigentlich noch ein ganz gemütlicher Nachmittag.

Bis zu dem Moment, an dem ich das Geschenk entdeckte. Das von Christiane. Es dauerte einige Zeit. Bis ich begriffen hatte. Aber dann war es mir klar. Was für ein Schwein er in Wirklichkeit war. Und deshalb habe ich ihn getötet. An seinem 75. Geburtstag.

SIEBEN

Christiane

Es ist grotesk: Ausgerechnet ich bin die Einzige von uns Dreien, die immer noch seinen Namen trägt. Sogar Birgit behielt den Namen des Mannes, von dem sie schon nach einem knappen Jahr wieder geschieden war. Keine Ahnung, wie das überhaupt nach so kurzer Dauer möglich war.

Simone müsste das wissen. Sie ist die Juristin in der Familie.

Und sie war immer Bernhards ganzer Stolz. Er ist fast geplatzt, als sie ihr erstes Staatsexamen bestanden hatte.

Zugegeben: Simone muss wohl eine der besten ihres Jahrganges gewesen sein. Aber als *ich* meine beiden Abschlüsse in Physik und Medizin - die weiß Gott nicht einfach zu erreichen gewesen waren - in der Tasche hatte, sagte er zunächst gar nichts. Etwas später war dann sein einziger Kommentar, dass ihm ein Felsblock vom Herzen falle. Weil ich jetzt Gott sei Dank nicht mehr darauf angewiesen sei, einen Mann zu finden. Schließlich könne ich mich ja jetzt selbst versorgen.

Als Kind war ich vielleicht gelegentlich das Vorbild, das den anderen vor die Nase gehalten wurde. Das ging im Grunde sofort los, als ich mit sechs Jahren eingeschult wurde und vom ersten Tag an eine absolute Musterschülerin war. Musterschülerin. Nicht Streberin. Mir fiel das Lernen nun einmal von Anfang an außergewöhnlich leicht.

Aber die unumstritten Beste war ich eben nur, wenn es um Hausaufgaben oder Klassenarbeiten ging. Bei allem anderen - bei den wichtigen Dingen - waren mir meine beiden Schwestern immer meilenweit voraus.

Birgit spielte Theater an ihrer Schule. Heute würde man so eine Gruppierung basisdemokratisch nennen. Natürlich ausschließlich Stücke mit politischem Inhalt. Und natürlich immer so ‚links' wie irgend möglich. Die weibliche Hauptrolle wurde ständig mit ihr besetzt, vermutlich, weil immer alle Jungs geschlossen dafür stimmten. Und diese Wirkung auf den männlichen Teil der Bevölkerung machte sie sich auch sonst zunutze. Birgit brauchte nur einmal mit den Augen zu klimpern, und alle Männer im Umkreis von 50 Metern bekamen verklärte Glupschaugen.

Und sie *hat* mit den Augen geklimpert. Und wie!

Ein paar Mal übte ich heimlich vor dem Spiegel. Aber ich fand den Dreh nie raus. Man kann eben nicht alles haben.

Dabei hatte ich reichlich Gelegenheit, von Birgit Anschauungsunterricht zu nehmen.

Sie sah mich nicht, weil sie viel zu *beschäftigt* war. Aber ich stand - ich weiß nicht, wie oft - in meinem dunklen Zimmer am Fenster, wenn sie von einem ihrer Verehrer - mutmaßlich pickelige Jünglinge - nach Hause gebracht wurde. Sie kamen Händchen haltend an. Birgit kontrollierte mit einem Blick, ob in einem der zur Straße gelegenen Zimmer noch Licht brannte. Wenn alles dunkel war, wurde hemmungslos geknutscht, selten ohne, meistens mit Fummeln am Hintern oder sogar am Busen.

Einmal überraschte Bernhard sie, als ich dabei war. Er tobte, bis er einen roten Kopf bekam. Und trotzdem war es ganz anders, als bei mir, wenn ich irgendetwas ausgefressen hatte. Bei *mir* war er immer *wirklich* sauer. Aber als er Birgit zur Rede stellte, war es ... anders eben. Da hatte er diesen Glanz in den Augen, der zweierlei bedeutete ‚Birgit ist mein ganzer Stolz'. Und gleichzeitig auch

‚Es soll sich ja niemand unterstehen, mir *meine* Birgit wegzunehmen!'

Nein! Gesagt hat er so etwas selbstverständlich nicht. Aber das brauchte er auch nicht. Jeder - vor allem ich - konnte es ihm überdeutlich ansehen.

Wegen *mir* haben seine Augen nie so geglänzt. Nicht ein einziges Mal.

Wie dem auch sei: Simone war mir ebenfalls um Längen voraus. Wenn auch auf einem ganz anderen Gebiet. Sie wurde in der Schule als Handballstar gefeiert, unter anderem, weil sie sich sowohl am Kreis durchsetzen als auch von weit vor dem Kreis Tore werfen konnte. Über die Abwehr hinweg. Ich hätte so etwas nie gekonnt. Obwohl ich über 1,75 Meter groß bin. Ich habe meinen Spitznamen von den Mitschülerinnen also durchaus zurecht verpasst bekommen. Es war zwar gemein, wenn sie „Bohnenstange, Bohnenstange,' hinter mir herriefen. Aber recht hatten sie nun mal.

Ein- oder zweimal nahm Simone mich mit zum Training, denn - so behauptete sie - ich sei prädestiniert für diese Sportart. Besonders für Würfe aus dem Rückraum. Aber meine Länge brachte überhaupt nichts. Ich konnte einfach nicht hoch genug springen, hatte viel zu langsame Reaktionen und warf miserabel. Und außerdem kuckten alle ziemlich blöd, als ich - im Hochsommer - in der langen Trainingshose in die Halle marschierte. Aber es war ja nun wirklich nicht nötig, dass jede von den Mädchen meine hässliche Wunde sofort sah.

Als ich auf der Bank saß, und der Trainer die neuen Trikots ausgab, ertappte ich mich dabei, wie ich richtig neidisch wurde. Ich hätte auch gerne dasselbe T-Shirt gehabt wie die anderen, mit einer Nummer und meinem Namen auf dem Rücken - ärmellos und poppig orange-weiß. Aber es ging eben nicht. Ich hätte die kurze Sporthose wegen der Wunde ja sowieso nicht anziehen können. Und selbst wenn: Ich war eben nicht wie Simone. Obwohl ich es zumindest damals so gerne gewesen wäre. So sportlich wie sie und so - wie soll ich sagen?

Frech.

Genau: Das ist das richtige Wort: Sie war auf ihre ganz eigene Art frech. Sie ließ sich nichts gefallen. Wenn ihr etwas gegen den Strich ging, wehrte sie sich. Und wie!

Es muss in ihrem ersten oder zweiten Semester als Jurastudentin gewesen sein. Während einer Vorlesung im Öffentlichen Recht unterbrach der Professor seine Ausführungen. Er beschwerte sich darüber, dass im Auditorium viele zu viele ‚Frolleins' säßen, die ihn aus vollkommen unbegabten Gesichtern anblickten. Und seine Vorlesung dazu missbrauchten, Socken und Pullover für ihre späteren Ehemänner zu stricken. Es entstand kurz ein nicht zu überhörendes Geraune, aber dabei blieb es zunächst. Am Ende der Vorlesung schien die professorale Entgleisung vergessen gewesen zu sein.

Aber nicht bei Simone! Im Verlauf der folgenden Woche mobilisierte sie ihren gesamten Bekanntenkreis sowie die Fachschaft Jura. Mit dem Ergebnis, dass bei der nächsten Vorlesung über 80 strickende Frauen und Männer im Hörsaal saßen, die Nadel und Faden nur aus der Hand legten, um von Zeit zu Zeit mitgebrachte Puppen demonstrativ hin und her zu wiegen. Der von Simone eingeladene Pressevertreter schrieb einen launigen Artikel für die Lokalzeitung, und dem Professor blieb nach mehreren hämischen Leserbriefen nichts anderes übrig, als sich offiziell zu entschuldigen.

Auch wenn Simone sich regelmäßig über viele ihrer Mitstudierenden aufregte, - sie hatte eine Aversion gegen Leute mit Anzug oder Kostüm und sündhaft teuren Aktenkoffern - war sie doch von Anfang an Juristin mit Leib und Seele. Sie hatte nie das geringste Problem mit der Wahl ihres Studienfachs gehabt. Im Gegenteil. Schon am Ende der gymnasialen Mittelstufe war ihr völlig klar gewesen, dass sie später Jura studieren würde.

Ihr Abitur bestand sie allerdings nur mit Mühe. In den Jahren davor bekam sie allenfalls in Englisch und Latein durchschnittliche Noten. Mathematik und Naturwissenschaften waren dagegen eine einzige Katastrophe. Einmal ist sie deshalb sogar sitzen geblieben.

Ohne die tatkräftige Unterstützung eines Nachhilfelehrers hätte sie das Abitur mit Sicherheit nicht geschafft. Die beiden saßen Mittage lang im Wohnzimmer und übten Kurvendiskussion, Thermodynamik und den Zitronensäurezyklus. Ich konnte ihr damals noch nicht helfen - obwohl ich viel dafür gegeben hätte - denn ich bin vier Jahre jünger als sie.

Letzten Endes schaffte sie es dann doch noch mit Hängen und Würgen. Trotzdem gab es ein Riesenfest über zwei Tage. Klar. Sie war die erste von den ganzen Cousins und Cousinen, die es bis zur Hochschulreife gebracht hatte. Sogar Tante Hedwig kam aus Hamburg angereist, um das Ereignis gebührend zu feiern.

Als *ich* vier Jahre später mein Abiturzeugnis mit einem Notendurchschnitt von 1,25 präsentierte, schaute Bernhard gerade so eben vom Sportteil seiner Zeitung auf.

Es gab kein Fest, bei mir reiste niemand von weit her an.

Gut, bei mir war es auch keine besondere Überraschung. Ich hatte all' die Jahre vorher immer nur Noten im Einserbereich. Aber trotzdem: So sang- und klanglos hätte mein Abitur nicht untergehen dürfen! Schließlich sind mir die 1,25 auch nicht nur in den Schoß gefallen. Wenn Mama nicht wenigstens die Verwandtschaft angerufen und hier in der Stadt allen davon erzählt hätte, die sie kannte, wäre außer meiner Mutter, Birgit und Simone niemand auf die Idee gekommen, mir zu gratulieren.

Im Nachhinein ist mir natürlich klar, warum Bernhard die Sportergebnisse damals wichtiger waren als mein Abschlusszeugnis. Aber *ich* konnte doch nun wirklich nichts dafür!

ACHT

Simone

Wenn Christiane Papa etwas anderes geschenkt hätte, wäre er noch am Leben.

Du weißt ja, wie sie ist, Mama. Ein Fleißiges Lieschen eben. Birgit und ich *kauften* ein Geburtstagsgeschenk für Papa.

Christiane nicht.

Sie hat sich natürlich viel mehr Mühe gegeben. Wieder einmal. Bastelte aus uralten Aufnahmen ein Fotobuch mit allem möglichen Schnickschnack zusammen. Weiß der Himmel, wo sie all' die Bilder ausgegraben hat.

Das heißt: Irgendwann fragte sie mich. Ob ich noch Fotos von Papa habe. Aber ich besaß keine. Da muss sie bei anderen erfolgreicher gewesen sein.

Es fehlte nichts in dem Fotobuch. Papa beim Plausch über den Gartenzaun. Papa beim gemeinsamen Grillen im Doppelhausgarten. Beim Fußballspiel mit den Jungs von nebenan. Natürlich unzählige Bilder von der Familie. Einschulung. Kommunion. Geburtstage. So was eben. Und auch Bilder von Christianes Antrittsvorlesung.

Wie könnte es auch anders sein? Frau Professor Christiane Stamm. Bei ihrer ersten eigenen universitären Veranstaltung. Vorher, mittendrin, hinterher. Von vorne, von links, von rechts.

Eins sogar von hinten.

Ich gönne ihr ihren Erfolg. Wirklich. Aber bei Lichte betrachtet: Sie hatte nur wesentlich mehr Glück als ich. Schließlich war ich auch auf dem besten Weg. Zu einer Karriere. Wenn auch nicht an der Uni.

Ich hatte mein erstes juristisches Staatsexamen nach zehn Semestern bestanden. Voll befriedigend. Was bei den Juristen heißt, dass ich zu den Top-Leuten gehörte. Und im ersten Jahr des Referendariats waren die Probeklausuren auch meistens im zweistelligen Punktebereich. Mit machte Jura einfach Spaß. Ich brauchte nicht zu büffeln. Ich hatte einfach ein Gefühl für Paragrafen und komplizierte Fälle. Nur noch die letzten knapp zwei Jahre Referendariat. Gleichzeitig meine Doktorarbeit fertig schreiben. Dann hätte es losgehen können. Wahrscheinlich wäre mein zweites Examen genauso gut geworden, wie das Erste. Außerdem war ich in Sprachen immer ziemlich gut. Ich hätte die besten Chancen gehabt. Ich hatte mich schon erkundigt. Beim Auswärtigen Amt. Fremde Länder. Andere Kulturen. Asien. Afrika, Australien. Heute hier, morgen dort. Das wäre mein Leben gewesen!

Botschafterin der Bundesrepublik Deutschland Frau Doktor Simone Stamm. *Das* war meine Perspektive, Mama.

Aber dann kam eben der Tag, nach dem nichts mehr war wie vorher. Der 11. Mai 1984.

NEUN

Christiane

Dass Bernhard mich weniger mochte, als die anderen beiden, spürte ich von Anfang an und nicht erst, nachdem alles herausgekommen war. Zu mir war er auch schon vorher - ich weiß nicht, wie ich es ausdrücken soll - distanzierter? Unnahbarer? Kälter?

Wie auch immer: Er war alles andere als ein liebevoller Vater für mich, und es gab viele Momente, in denen ich Bernhards wegen am liebsten in mein Zimmer gerannt wäre und losgeheult hätte.

Das Highlight lieferte er damals, als er mit mir wegen der Verbrühung ins Krankenhaus musste.

Der Arzt grinste nur und meinte, an dem Tag, an dem ich einmal heiraten werde, sei das alles längst vergessen. Das Schlimme war nicht der blöde Witz des Arztes. Das Schlimme war, wie herzlich Bernhard darüber lachte.

Mir war bloß noch zum Heulen zumute. Ich sehe es noch heute vor mir. Ich sitze auf der Untersuchungsliege und habe pochende Schmerzen. Aber das ist nicht das Problem. Denn ich bin so wütend wie kaum einmal vorher in meinem fünfzehnjährigen Leben.

Dabei hatte alles so schön angefangen. Ich war bei einem Vorlesewettbewerb Erste geworden, und Mama hatte sich - erstaunlicherweise - damit einverstanden erklärt, dass ich ‚ein paar Klassenkameraden' zum Feiern einlade.

Ein Junge stand ganz oben auf meiner Einladungsliste.

Jochen.

Ich mochte ihn. Sehr. Seine langen, schwarzen Haare sind damals nicht nur mir aufgefallen. Aber das war es nicht. Es war, dass er sich mir gegenüber nicht so bescheuert aufführte wie die anderen Jungs in seinem Alter. Er respektierte Mädchen genauso wie seine Geschlechtsgenossen. Und er hatte es nicht nötig, durch blöde Sprüche oder unmotivierte Rempeleien auf sich aufmerksam zu machen.

Ich brauchte eine ganze Woche, bis ich mich traute ihn zu fragen, ob er auch zu meiner Feier kommen wolle. Dreimal bin ich auf ihn zugegangen, und dreimal drehte ich - kurz vorher - wieder ab. Beim vierten Mal konnte ich beim besten Willen nicht mehr anders: Meine Banknachbarin Karin baute sich neben uns auf und wollte - scheinbar vollkommen ohne Hintergedanken - wissen, ob ich Jochen auch schon eingeladen habe. Ich wäre am liebsten im Erdboden versunken. Mein Gesicht nahm die Tönung einer sonnengereiften Tomate an. Ich muss fürchterlich gestammelt haben. Und ich war vollkommen baff, als Jochen mit einer unfassbaren Selbstverständlichkeit erklärte, er komme gerne, und nachfragte, ob er etwas zum Essen oder Trinken mitbringen solle.

Ich konnte mein Glück überhaupt nicht fassen. Ausgerechnet ich, die ‚Bohnenstange‘, hatte geschafft, was sich bestimmt jedes Mädchen aus meiner Klasse erträumte.

Natürlich war mir im selben Moment vollkommen klar, dass ich nicht den leisesten Hauch einer Chance besaß, in ihm ein wie auch immer geartetes Interesse an mir zu wecken.

Aber - für einen Wimpernschlag lang - schlug meine Fantasie dennoch Purzelbäume. Ich sah Jochen und mich Händchen haltend durch den Stadtpark spazieren. Ich spürte, wie er über meine Haare strich. Und seine Lippen auf meinen.

Und ich fühlte mich dabei, als ob ich etwas Verbotenes gedacht hätte.

Wie auch immer: Jochen würde zu meiner ersten Fete kommen. Ich schwebte auf Wolke sieben. Bis zum Nachmittag vorher. Wir mussten wieder einmal mit Bernhard in den Wald, um seine läppischen Rätsel zu lösen. Und um uns vor Begeisterung gar nicht mehr einzukriegen, wenn wir die billigste Schokolade, die er finden konnte, zusammen aufaßen. Kaum waren wir damit fertig, erzählte er uns wieder eine von seinen - meistens ziemlich langweiligen - Geschichten. Wie jedes Mal gab es auch an diesem Abend seinen selbst gebrauten Tee. Siedend heiß, wie immer. Natürlich konnte ich es nie beweisen. Aber ich bin mir hundertprozentig sicher, dass er es mit Absicht getan hat. Ich weiß bis heute nicht warum, aber an dem Tag war er besonders eklig zu mir.

Ein ordentlicher Schwapp über meine Hose. Es waren Verbrühungen zweiten Grades, wie ich heute weiß. Wenn dieser Stümper von einem Arzt sein Handwerk wenigstens einigermaßen verstanden hätte, wäre alles gar nicht so schlimm gewesen. Aber so habe ich bis auf den heutigen Tag ein wunderschönes Andenken an diesen Abend.

19,7 Zentimeter lang, 12,8 Zentimeter breit. Frei verschiebliche, reizlose Wundränder an der Innenseite des linken Oberschenkels. Hieß es dann irgendwann einmal später in einem Arztbrief, der bis heute in meinem Sekretär liegt.

Jeder Mann, der mich nackt sähe, würde wie gebannt darauf starren, und jedes Lustgefühl wäre umgehend beim Teufel! Und Bernhard macht darüber mit dem Arzt auch noch blöde Witze!

Seit dem Tag trug ich nie wieder kurze Röcke oder Hosen. Freibad und Baggersee waren passé. Und meine Feier sagte ich wegen der Schmerzen natürlich auch ab.

Zwei Wochen später gingen Karin und Jochen zusammen.

ZEHN

Birgit

Es wär' für alle Beteiligten besser gewesen, wenn wir Papa nie wiedergesehen hätten. Dann wär' ich nie auf die Idee gekommen, Zimtsterne mit Kaliumcyanid zu backen. Kommt in jedem zweiten Krimi vor, ist aber wirkungsvoll. Und ich sitze ja quasi an der Quelle.

So hat es doch noch sein Gutes, dass ich als Einzige von uns Dreien versagt hab'. Anders kann man's nicht sagen: Ausbildungsmäßig war ich die totale Nullnummer.

Während der zwölften Klasse vom Gymnasium abgegangen. Ohne Abitur. Au Backe, das hat Papa so was von schlecht weggesteckt. Dann lern' doch wenigstens einen ‚vernünftigen Beruf'! Ständig lag er mir damit in den Ohren. Ein halbes Jahr danach hab' ich die Lehre angefangen. Und kein Jahr später wieder geschmissen. Um schließlich jahrelang in der Weltgeschichte herumzugondeln. Hatte sich was mit ‚vernünftigem Beruf'!

‚Vernünftiger Beruf'? Was ist das überhaupt? Hat Simone vielleicht einen? Außerdem läuft mein Laden doch prima im Moment. Ich kann ganz gut leben davon und bin auf niemanden angewiesen. Es hätte auch locker für ein Kind gereicht! Oder auch zwei! Schließlich bin ich doch auch nicht blöder als meine beiden Schwestern.

Na ja. Okay. Christiane ist 'ne Liga für sich. Vom Kopf her, mein' ich. Deshalb ist sie ja auch so ein hohes Tier geworden. Dabei

31

gab's gleich am Anfang richtig Stress. Ich kann mich noch gut erinnern. Sie hatte gerade erst angefangen. Ihre erste Stelle als Ärztin. Da hat sie zusammen mit einem tierisch ehrgeizigen Oberarzt Visite gemacht. Und der hat dabei ziemlichen Mist gebaut. Genau weiß ich es nicht. Aber ich glaube, es ging um die richtige Dosis von irgendeinem Medikament. Der Patient ist dann gestorben. Seine Angehörigen sind zur Staatsanwaltschaft gegangen. Die Ratte von Oberarzt hat alles auf die Krankenschwester geschoben. Er behauptete, sie hat seine korrekten Anweisungen falsch ausgeführt. Und weil der Oberarzt aus was weiß ich, was für Gründen ein besonderer Liebling vom Klinikchef war, ist Christiane sofort in sein Büro zitiert worden. Der Chef redete gleich Klartext. Wenn sie sich bei den Fragen der Polizei *kollegial* verhält und die Version vom Oberarzt bestätigt, könnte sich das *sehr, sehr* positiv auf ihre zukünftige Karriere auswirken. Andererseits, wenn sie als *Nestbeschmutzerin* auftritt, könnte es durchaus sein, dass sie Schwierigkeiten haben wird, eine Klinik für ihre Facharztausbildung zu finden.

Im ersten Augenblick blieb Christiane der Mund offen stehen. Aber keine halbe Minute später hat sie den Klinikchef kommentarlos stehen lassen, ist schnurstracks zur Bullerei marschiert und hat ausgepackt!

Sie wurde drei Tage später entlassen, hat aber zum Glück ziemlich schnell wieder eine neue Stelle gefunden.

Also, Lizzy, Christiane war schon eine ganz besondere Nummer. Da gibt es überhaupt nichts zu deuteln. Und wie sie *zwei* Fächer studiert hat. Gleichzeitig! Wo die meisten doch schon bei einem Fach stöhnen wie die Weltmeister. Das war schon Extraklasse. Ihr IQ dürfte schon knapp über meinem liegen.

Aber so helle wie Simone bin ich allemal! Das Einzige, was *die* nach ihrem Studium noch gelesen hat, waren Bücher mit Titeln wie ,Bettnässer – was tun?' oder ,Das vegetarische Pausenbrot, der Start in den Tag'.

Und dann das Theater, das sie um ihren Nachwuchs macht! Eins ihrer Kinder sondert irgendeine Banalität ab, und sie macht ein Gesicht, als ob ein neuer Einstein aufgetaucht wär'.

Ich bin sicher, dass ich nicht die Einzige war, der das auf den Keks gegangen ist. Ich war nur die Einzige, die sich wenigstens ab und zu getraut hat, den Mund aufzumachen.

Wenn ich mir nur an Papas Geburtstage denke! Eine vernünftige Unterhaltung zwischen den Erwachsenen? Überhaupt nicht dran zu denken! Ständig quengelten die lieben Kleinen herum. Sie hatten Durst. Sie hatten Hunger. Es tat ihnen irgendetwas weh. Ihr Spielzeug war kaputt. Und alle außer mir sind bei der leisesten Unmutsäußerung wie von der Tarantel gestochen aufgesprungen. Man hätte meinen können, die kleinen Monster würden Schäden fürs Leben davontragen. Und sofort hat sich die gesamte Verwandtschaft auf sie gestürzt, um die gebrochenen Kinderaugen wieder zum Strahlen zu bringen. Es war zum Mäusemelken!

Nur Papa ist einigermaßen normal geblieben. Ich weiß nicht, wie er zu seinen Enkeln stand. Durchaus möglich, dass ihm die Rangen genauso auf die Nerven gegangen sind wie mir. Dass er nur um des lieben Friedens willen gute Miene zum bösen Spiel gemacht hat.

Aber eins muss man Simone lassen: Sie ist in einem halbwegs sinnvollen Alter schwanger geworden.

Siebzehneinhalb ist definitiv *kein* günstiger Zeitpunkt!

Natürlich wussten Kalle und ich, wo die kleinen Kinder her-kommen. Obwohl weder Papa noch Mama mir jemals erzählt ha-ben, wie das mit den Bienchen und mit den Blümchen so läuft. Auch sonst waren von Mama höchstens mal Andeutungen zu hören. ‚Pass auf dich auf, Kind! Sei anständig!' Solcher Kram eben. Aber kein Wort über die wichtigen Dinge. Sex, Verhütung, Schwangerschaft.

Zum Glück hatten wir einen vernünftigen Biolehrer. Und den Rest habe ich von den älteren Mädels in meiner Schule erfahren. Die haben Bescheid gewusst. Vor allem über das, was uns der Biolehrer nicht erzählt hat.

Meine Theorie ist, dass eins von Kalles Gummidingern ein ganz kleines Loch gehabt haben muss.

Er und ich haben uns bei einer Schulparty im Schickhardt zum ersten Mal gesehen. Die meisten meiner Klassenkameradinnen vom Lessing sind auch da gewesen. Zuerst haben wir nur ziem-lich dumm rumgestanden. Die Jungs aus unserer Klasse waren kein Thema. Und für die aus der Dreizehnten waren wir Luft, weil an dem Vormittag die Französinnen angekommen waren. Aus unserer Partnerstadt. Meine Güte war das peinlich! Clau-dette. Veronique. Françoise. Nathalie. Und wie die sonst noch alle hießen. So was von affektiert! Unerträglich! Aber trotzdem sind um jede von ihnen mindestens drei von unseren Jünglingen he-rumgeturnt.

Bis auf Kalle. Er hat allein an der Seite der Tanzfläche gestanden und an seiner Cola genuckelt. Was ich zu diesem Zeitpunkt noch nicht wissen konnte, war, dass er bei der Ankunft des Busses mit den Französinnen versucht hatte, super-cool mit seinem neuen Moped vorzufahren. Pech nur, dass er eine Idee zu spät gebremst hat und im Blumenbeet gelandet ist. Alles hat gebrüllt vor Lachen.

Kalle konnte sicher sein, dass er keinen Blumentopf mehr gewinnt bei den Französinnen. Deshalb stand er rum wie bestellt und nicht abgeholt. Aber wie gesagt: Ich hab' das zu diesem Zeitpunkt noch nicht gewusst.

Er hat gar nicht übel ausgesehen. Nur die Kippe, die gewollt lässig in seinem Mundwinkel hing, war doof. Aber wie er sich auf dem Weg zu einer neuen Cola bewegt hat, war nicht ohne. Männlich, aber trotzdem geschmeidig. Und seine Oberarme! Das war kein Stubenhocker. Als er zurückkam, habe ich mich sofort in meine Anbaggerposition geworfen: Profil. Kopf leicht nach linkshinten. Kerzengerader Rücken. Beine übereinander. Das ist zwar reichlich unbequem, aber es turnt die Jungs erfahrungsgemäß ziemlich an. Gefühlt verging mindestens eine halbe Stunde, bevor er endlich reagiert hat. Er ist zu mir rübergekommen - und wollt' doch tatsächlich ein Gespräch über Mopeds anfangen. Ich hab' schnell vorgeschlagen zu tanzen, aber das war nicht sein Ding. Er ist wieder abgeschoben und hat mir auch eine Cola gebracht. Pluspunkt: Er hat es nicht mit Alkohol versucht. Wir haben eine Weile gequatscht. Plötzlich war Stille und wir haben uns in die Augen geschaut. Es war nur noch die Frage, wer zuerst den Mumm hat, einen gemeinsamen Spaziergang vorzuschlagen. Ich hatte gerade Luft geholt, aber er ist mir zuvorgekommen.

Eigentlich hab' ich das normale Programm erwartet: tiefe Blicke. Händchen halten. Kuss auf die Wange. Kuss auf den Mund. Zunge.

Aber es ist überhaupt nichts passiert. Wir haben tatsächlich nur gequatscht. Über den Stress in der Schule. Über unsere alten Herren. Über Musikgruppen. Über Haustiere. Sogar über Mode. Er hat es bescheuert gefunden, was für ein Theater wir Mädchen um unsere Klamotten machen. Noch ein Pluspunkt.

Wie gesagt: Es ist rein gar nichts passiert. Kein Stück. Und das Seltsame war: Ich hab' überhaupt nichts vermisst! Am Ende haben wir uns sofort für den nächsten Tag im Jugendhaus verabredet. Und wieder nichts. Er im Sessel, ich, einen halben Meter entfernt, auf dem Sofa. So ging das vierzehn Tage. Bis eines Abends bei mir alle aus dem Haus waren und ich sturmfreie Bude hatte.

Ich könnte nicht sagen, dass es der totale Brüller war. Keine Rede von ‚Tanzenden Sternen‘ und ‚Verschmelzen mit dem Körper des anderen‘. Aber schlecht war es auch nicht. Vor allem hat es überhaupt nicht wehgetan. Er ist wirklich sehr vorsichtig zur Sache gegangen. Trotzdem: Bilder in der *Bravo* anschauen und zusammen mit anderen Mädchen kichern, ist eine Sache. Wirklich live, 3D und in Farbe, eine ganz andere. Aber ich finde, wir haben uns beide ganz achtbar geschlagen. Nur das mit dem Gummi wollte und wollte am Anfang nicht klappen. Ich glaub', er ist einfach zu aufgeregt gewesen. Zusammen haben wir das Ding schließlich dahin bekommen, wo es hingehört. Ab diesem Tag haben wir miteinander geschlafen, wann immer wir Lust dazu hatten. Und die Gelegenheit. Einmal ist Papa viel zu früh nach Hause gekommen. Kalle hat es gerade noch rechtzeitig geschafft, seine Hose hochzuziehen. Papa hat geschaut wie die Gouvernante bei Heidi. Kein Ton, solange Kalle noch da war. Aber kaum war er weg, ist es dicke gekommen: Ich soll mich schämen! Ich sei noch viel zu jung! Und überhaupt: Ich hätte nicht allein mit einem älteren Jungen auf meinem Zimmer zu sitzen! Dabei haben wir die meiste Zeit überhaupt nicht gesessen! Auf jeden Fall war mir danach klar, dass ich bei meinen Treffen mit Kalle in Zukunft wesentlich vorsichtiger sein musste. Im Freien war kein Thema. Es war schweinekalt in diesem Herbst. Zu ihm konnten wir auch nicht. Er hatte kein eigenes Zimmer. Also ist nur die Wohnung seines Bruders geblieben. Der hat schon studiert. Und ist viel häufiger zuhause gewesen, als Kalle und mir lieb war. Trotzdem: Alles war so weit im grünen Bereich. Bis zu dem Tag, an dem ich in die Apotheke geschlichen bin, weil meine Regel überfällig gewesen ist. Meine Güte, was haben mir die Knie geschlottert, auf dem Rückweg, mit dem sündhaft teuren Schwangerschaftstest in der Schultasche. In den Filmen sind die Mädels immer total aus dem Häuschen vor Glück, wenn das Ergebnis positiv ist. Bei mir war Panik pur angesagt.

Kalle gab den Verantwortungsvollen: ‚Wenn du willst, heiraten wir'. Ich noch nicht einmal achtzehn, er knapp drüber. Kalle und ich als Eltern einer bürgerlichen Kleinfamilie! Du lieber Gott!

Aber trotzdem: Nach und nach habe ich angefangen, mich mit der Idee anzufreunden. Ich als Mutter.

Mir war natürlich vollkommen klar, dass es kein Honigschlecken werden würde. Mit achtzehn Jahren Mutter. Und der ganze Schmus mit ‚Schwangerschaftsabbruch ist Mord', der überall verbraten wurde, ging mir sonst wo vorbei. Aber eine Abtreibung wollte ich trotzdem nicht. Keine Ahnung. Das wäre irgendwie so gewesen, als ob sie mir etwas wegnehmen. Etwas, das nur mir ganz alleine gehört.

Meine Güte, Lizzy, ja, ich weiß, das klingt total bescheuert. Aber es war einfach das, was ich damals gedacht hab'. Wenn ich mir das heute überleg', bin ich damals *so* was von ... romantisch ... nein, das ist nicht mehr romantisch gewesen, das war komplett naiv! Es war aber so. Ich wollte das Kind. Mit jedem Tag mehr. Ich hatte sogar schon einen Namen ausgesucht. Wenn es ein Mädchen geworden wäre, hätte es Elisabeth geheißen.

Das Problem war nur, es Mama und Papa beizubiegen. Auf alle Fälle bin ich zu diesem Zeitpunkt noch felsenfest davon überzeugt gewesen, dass letzten Endes alles gut werden würde.

Was für ein Irrtum!

ELF

Simone

Wir wollten zu Tante Hedwig fahren. Zu ihrer zweiten Hochzeit. Am 11. Mai 1984. Papa, du und ich. Dabei war ich außer dir, Mama, die einzige in der Familie, die Tante Hedwig wirklich mochte. Als Teenager telefonierte ich stundenlang mit ihr. Solche Sachen, die ich weder mit dir noch mit Papa besprechen wollte. Oder mit meinen Schwestern. Tante Hedwig hörte mir zu und gab vernünftige Ratschläge. Noch heute schreiben wir uns regelmäßig E-Mails.

Dass Papa sie überhaupt nicht leiden konnte, wusste ja niemand besser als du, Mama. Und sie ihn schon gar nicht!

Du hast mir oft genug erzählt, wie sie dir abriet, Papa zu heiraten. ‚Die Frau eines ... Handwerkers? Ist es das, was du von Leben erwartest, Sarah?'

Tante Hedwig selbst hatte sich für ihre erste Ehe einen reichen Patriziersprössling aus Hamburg an Land gezogen. Nach der Hochzeit ließ sie es sich in ihrer Luxusvilla richtig gut gehen.

Nach Onkel Manfreds Tod läuteten acht Jahre später zum zweiten Mal die Hochzeitsglocken. Wieder war der Auserwählte, Carsten Lüdersen, ein norddeutscher Kaufmann mit einem riesigen Vermögen.

Papa versuchte, sich vor der Fahrt zu drücken. Aber weil Birgit sich zu dieser Zeit schon irgendwo in Asien herumtrieb und

Christiane zwei Semester lang in Kalifornien forschte, hatte er keine Chance. Nur du, Mama, und ich, das wäre nicht gegangen.

Ich weiß es noch wie heute. Papa natürlich im dunklen Anzug. Er sah richtig gut aus. Normalerweise bekamen wir ihn ja nur in seiner weißen Bäckermontur zu Gesicht.

Du, Mama, hattest ein langes, rotes Samtkleid mit einer weißen Stola an. Und ich das Kleid, das ich auch schon zum mündlichen Examen getragen hatte.

Komisch. An das alles kann ich mich erinnern. An jede Einzelheit. Dass die Sonne schien an dem Morgen. Dass es Baguette gab zum Frühstück. Weil es vom Vortag übrig geblieben war. Dass Papa provozierend langsam frühstückte, weil er so spät wie möglich ankommen wollte. All' das wusste ich die ganze Zeit und weiß es heute noch. Aber ab dem Moment, an dem wir unser Haus verließen, ist alles weg.

Mama, ich habe mir das Hirn zermartert. Nächtelang. Jahrelang. Es war einfach weg.

Retrograde Amnesie meinte der Psychiater. Er sollte mir helfen, meine Erinnerung zurückzugewinnen. ‚Ausgelöst durch ein traumatisches Ereignis'. Sagte er. Nach zwei Jahren Therapie kam er zu dem Schluss ‚Im Augenblick nichts zu machen; manchmal kommt alles von selbst wieder zurück, einfach so'. Sein letzter Satz lautete: ‚Geben Sie die Hoffnung nicht auf'.

Der hatte gut reden. Ihm fehlte ja kein Tag seines Lebens.

Aber mir.

Nicht irgendein Tag.

Nein, der Tag, nach dem nichts mehr war wie zuvor.

ZWÖLF

Christiane

Wichtig für den Erfolg meines Plans war, dass er keinerlei Verdacht schöpfte. Deshalb konnte ich auf keinen Fall ohne ein Geschenk kommen. Ich hatte selbstredend überhaupt keine Lust, noch irgendetwas für ihn zu basteln, wie ich das in den Jahren zuvor meistens getan hatte.

Zum Glück war das Fotobuch schon seit September fertig. Ich hatte es ursprünglich Tante Hedwig zu ihrem 79. Geburtstag Anfang Oktober schenken wollen. Aber dann war unmittelbar vorher auch ihr zweiter Mann gestorben, die Feier fiel aus, und das Geschenk verschwand zunächst in einer Schreibtischschublade.

Es war alles andere als einfach gewesen, die zum Teil uralten Bilder einzuscannen und farblich aufzupeppen. Das Schwierigste aber war gewesen, die Fotos überhaupt aufzutreiben. Birgit und Simone fragte ich natürlich als Erste. Simone konnte keine finden. Sagte sie zumindest. Und Birgit hatte bei ihren ständigen Umzügen auch die meisten weggeworfen. Dafür waren unsere alten Nachbarn eine wahre Fundgrube. Vor allem Max, der Sohn von schräg gegenüber. Als er seine erste Kamera zum Geburtstag geschenkt bekommen hatte, knipste er - nahezu wahllos - alles, was ihm vor die Linse kam. Unter anderem natürlich auch uns. In allen Lebenslagen. Zum Glück hat er nichts weggeworfen, sodass ich bei ihm viele Schnappschüsse fand, die für Tante Hedwig von Interesse waren. Sie selbst steuerte ebenfalls eine Menge Bilder bei. Natürlich ohne zu wissen, wozu ich sie in Wirklichkeit brauche. Ich erzählte ihr, dass ich vorhabe, eine Art Familienchronik zu verfassen.

Das fertige Buch war dann wirklich ein gelungener Querschnitt aus dem Leben der Familie Stamm.

Die Situation spielte ins Absurde: Ich war mit dem festen Vorsatz gekommen, Bernhard umzubringen, und dabei überreichte ich ihm ein Präsent, das ihn zu echten Tränen rührte! Aber das änderte nichts mehr. Und ich - wie singt Edith Piaf so schön – bedaure absolut nichts. Das heißt, das stimmt nicht ganz.

Maria.

Für sie tut es mir leid.

Obwohl sich vielleicht auch ihre Lebensumstände eher verbessern, wenn er tot ist.

Bernhard und Maria lernten sich kennen, als Mama schon einige Jahre tot war. Er hatte sich endlich einmal aufgerafft und war zu einem Volkshochschulkurs gegangen. Ich habe keine Ahnung mehr, was genau er dort trieb. Wahrscheinlich ging es um irgendwelche technischen Basteleien. Der ganze Keller steht voll mit Schachteln und Kisten, in denen er Dioden, Widerstände, Kondensatoren, Kilometer von Kabeln und allerlei Zeug aufbewahrte, von dem ich keine Ahnung habe, wozu es nützlich sein könnte. Auf jeden Fall lernten sich Maria und er beim Sommerfest der Volkshochschule kennen. Er lud sie zu einem Kaffee ein, sie kamen ins Gespräch, verabredeten sich abends in einer Kneipe, landeten zusammen im Bett, und irgendwann zog Maria bei ihm ein.

Bernhard weigerte sich bis zum Schluss standhaft, sie zu heiraten. Vielleicht sah er es als einen Akt der Untreue Mama gegenüber an. Vielleicht wollte er uns das Erbe retten.

Wie auch immer: Maria war wirtschaftlich überhaupt nicht abgesichert. Eigene Rentenanwartschaften konnte sie nie erwerben, weil sie nach der Hauptschule als billige Arbeitskraft in der elterlichen Metzgerei mitgearbeitet hatte, ohne dass ihr Vater sie ordnungsgemäß bei der Krankenkasse angemeldet hätte. Als er starb, wurde die Metzgerei verkauft, und Maria versuchte weit mehr schlecht als recht, sich mit einem Imbissstand durchzuschlagen. Es reichte zwar gerade so zum Leben, aber für die Altersversorgung blieb meistens so gut wie nichts in der Kasse.

Am Anfang hätte man meinen können, die beiden seien fünfzehn. Ein Geturtel und Geschäker, dass es fast schon peinlich war. Auch wenn ich nur noch ganz selten nach Hause kam, war es rührend anzusehen, wie liebevoll sie sich anlächelten und zusammen auf dem Sofa saßen, um sich gemeinsam von Ricky Blane und Ilsa Lund zu Tränen rühren zu lassen.

Alle drei freuten wir uns für sie. Vor allem Simone, die sich endlich nicht mehr die ganze Zeit um Bernhard kümmern musste.

Er ist richtig aufgeblüht in dieser Phase. Endlich hatte er wieder eine etwa gleichaltrige Frau um sich, mit der er nicht nur Tisch, sondern auch Bett teilen konnte. Aber mit der Zeit - schleichend und zunächst kaum wahrnehmbar - änderte sich das Verhältnis von Bernhard und Maria. Um es plastisch auszudrücken: Sie wurde langsam aber stetig zu seinem Dienstmädchen. Wohl immer in der Hoffnung, eines Tages doch noch Frau Stamm zu werden. Und genau diese nicht belohnte Selbstaufgabe führte letztlich zu den Problemen, die sie psychisch krankmachten.

Ich habe mit dem behandelnden Kollegen gesprochen. Seiner Ansicht nach leidet sie seit einiger Zeit an einer dissoziativen Persönlichkeitsstörung aus dem schizoiden Formenkreis. Sie hat Wahrnehmungsstörungen vom paranoiden Typ, die daraus resultieren, dass sie sich - meiner Auffassung nach völlig zurecht - schamlos ausgenutzt fühlte. Sie selbst sprach wohl einmal davon, Bernhard ,sauge sie aus'. Lange Zeit litt sie stumm vor sich hin. Kein Mensch weiß, wann ihre Wahnvorstellungen anfingen. Aber eines Tages stürzte sie kreidebleich ins Wohnzimmer und stieß atemlos hervor, auf ihrem Bett sitze ein riesiges Insekt mit Flügeln und haarigen Beinen, das sie stechen und auslutschen wolle. Das Ende vom Lied war, dass sie in die Klinik eingewiesen werden musste, wo sie sich sowohl Gruppen- als auch Einzeltherapien unterzog. Seitdem muss sie immer wieder einmal für mehrere Wochen in die Klinik, wenn die Medikamente, die ihr gegeben worden sind, nicht mehr ausreichen, um sie zu stabilisieren.

In diesem Jahr war es schon kurz vor dem vierten Advent so weit. Die Ärzte wollten sie auf jeden Fall mindestens bis zu den Heiligen drei Königen dabehalten.

Ich muss es zugeben: Mir kam die Tatsache, dass Maria über Weihnachten und zwischen den Jahren außer Hauses war, mehr als gelegen. So schied sie aus, wenn es um die Frage ging, ob Bernhard noch auf Hilfe zählen konnte, wenn er seinen dritten - letalen - Infarkt bekäme.

DREIZEHN

Birgit

Als das mit meiner Schwangerschaft vorbei war, ging lange Zeit gar nichts mehr. Ich hab' nur noch Löcher in die Wand gestarrt. Egal, ob in der Schule, zuhause oder sonst wo. Mehr als einmal hab' ich mit dem Gedanken gespielt, Schluss zu machen. Tabletten. Pulsadern aufschneiden. Was weiß ich. Aber dafür braucht man viel mehr Mut, als man glaubt. Zumindest mehr, als ich hatte. Als ich es überhaupt nicht mehr ausgehalten habe, bin ich abgehauen.

Paris. Eine Woche lang. Unter den Brücken geschlafen und von den Abfällen gelebt, die ich mir auf dem Markt von Rungis zusammen gesammelt hatte. Als ich zurückkam, hat Papa getobt. Verständlich. Aber ich konnte mich einfach nicht melden aus Paris. Warum, weiß ich nicht. Es ging eben nicht.

Im Anschluss an Paris hab' ich es noch mal mit Schule probiert. Am Anfang konnte ich noch von dem profitieren, was ich bis zur zehnten Klasse gelernt hatte. Aber irgendwann kamen langsam die Fünfer. Und Sechser. Den Lehrern kann man nichts vorwerfen. Sie haben sich echt um mich bemüht. Gefragt, was denn los sei. Ob ich Hilfe brauche. Die waren echt okay. Sogar in die zwölfte Klasse haben sie mich noch versetzt. Mit Hängen und Würgen. Obwohl meine Noten eigentlich nicht gereicht haben. Aber dann ist endgültig Feierabend gewesen. Keine Arbeit besser als Fünf. Ich hab' es nicht auf die Reihe gekriegt. Ich konnte einfach nicht.

Danach haben alle auf mich eingeredet wie auf einen kranken Gaul. Ich soll im nächsten Jahr die Zwölfte wiederholen. Ich soll Nachhilfeunterricht nehmen. Ich soll mir von irgendeinem Therapeuten die Hucke vollquatschen lassen.

Es hat nichts genutzt. Ich hab' weiter die Wände angestarrt. Bis es Papa zu bunt wurde. Entweder, ich fange eine Lehre bei seinem Kegelbruder als Radio- und Fernsehelektronikerin an, oder er setzt mich vor die Tür.

Ich bin dann hingetrabt. Fast zehn Monate lang. Bis ein Geselle versucht hat, mir an die Wäsche zu gehen. Da hat es Klick gemacht. Ich wollte nicht mehr. Ich *konnte* nicht mehr. Ich musste weg. Weiter weg als Paris.

Ich bin abgehauen.

Deshalb hab' ich natürlich überhaupt nichts mitbekommen von dem, was zuhause passiert ist. Ich war zu der Zeit gerade im Norden von Indien. Genauer in der Gegend von Jaipur. 'Ne Wahnsinnsstadt! Ich meine nicht den Palast der Winde oder das Fort auf den Bergen, wo alle hinpilgern. Ich meine die engen Gassen, in denen das pralle Leben abgeht. Überall Gewusel. Autos, Mopeds, Kamele, Esel, Tuktuks. Menschen. Überall Menschen. Und Märkte. Safran und Chili. Bestickte Saris. Obst. Gemüse. Werkzeug. Baumaterial. Was du dir nur denken kannst. Alles im Freien. Und natürlich der Masala-Tee. Im Kessel. Über glühendem Kamelmist.

Das hat mich erinnert an damals, als wir mit Papa in der Hütte gesessen haben. Nur, dass der indische Tee wesentlich besser geschmeckt hat. Hier wurde der Becher für eine Rupie an Einheimische verhökert und für zwanzig an Touristen. Ich hab' abgerissen genug ausgesehen. Von mir hätten sie wahrscheinlich auch nur eine Rupie haben wollen. Aber ich hab' mir nicht einmal das leisten können. Geschlafen hab' ich auf der Straße. Das meiste Essen war Abfall von den Märkten oder auf den Feldern und Bäumen geklaut.

Hat sich was mit Traveller-Romantik! Das ist nicht lustig, Lizzy, wenn du mehrere Jahre lang wie ein Bettler leben musst! Und dann hab' ich das Pärchen aus Österreich kennengelernt. Auch so eine Art Aussteiger. Aber cleverer als ich. Die haben einen Schmuckhandel aufgezogen. Im Grunde billiger Ramsch. Aber die Touris haben es ihnen aus den Händen gerissen, weil sie die entsprechende Story dazu geliefert bekamen.

‚Original aus Udaipur. Von Schülern einer kleineren Kunsthandwerkerakademie, als Abschlussarbeiten gefertigt'.

In Wirklichkeit haben sie das Zeug in einem Hinterhof selber zusammengebastelt. Ich bin mit der Österreicherin ins Gespräch gekommen, als wir beide versucht haben, einem kleinen Jungen zu helfen. Er war unter die Räder einer Fahrradriksha geraten. Ein Wort gab das andere und sie hat mich auf einen Tee eingeladen. Ihr Typ hat mir ein paar Schmuckstücke gezeigt und gefragt, ob sie mir gefallen würden. Ich hab' sie nicht besonders schön gefunden. Und das hab' ich ihm auch gesagt. Höflich, aber deutlich. Was ich denn anders machen würde, wollte er wissen. Ich hab' ein paar Vorschläge gemacht. Das Ende vom Lied ist gewesen, dass sie mir einen Job angeboten haben. Nach ein paar Monaten bin ich so was wie eine Teilhaberin an dem Laden gewesen. Ab dem Moment konnte ich mir seit ewigen Zeiten wieder einmal Essen *kaufen*.

Die Jahre in Asien war'n 'ne verdammt harte Zeit! Aber ich bereue trotzdem keinen Tag.

Aber von zuhause hab' ich natürlich null mitgekriegt. Ein paar Mal habe ich schon geschrieben. Aber sie konnten nicht antworten. Sie wussten ja zumindest am Anfang nicht, wo genau ich mich herumtreibe.

So hab' ich erst viel später erfahren, wie Mama gestorben ist.

Sie wollten zu Tante Hedwigs Hochzeitsfeier. Christiane war zum Glück nicht dabei. Aber die anderen. Simone ist gefahren. Obwohl sie kaum Fahrpraxis gehabt hat. Aber sie wollte unbedingt. Papa ist dagegen gewesen. Das hat er hinterher immer wieder beteuert. Aber Mama und Simone haben ihn wahrscheinlich so lange bearbeitet, bis er weich geworden ist. Verdammte Scheiße.

1000 Mal ist er stur geblieben wie ein Panzer, wenn sie was von ihm wollten! Und ausgerechnet an dem Tag gibt er nach!

Sie sind nicht weit gekommen. Nicht mal bis zur Autobahn. Irgend so ein Idiot hat sie überholt. Es muss ziemlich knapp gewesen sein. Weil Gegenverkehr gekommen ist. Simone hat versucht, nach rechts auszuweichen. Sie ist aufs Gras gekommen. Wollte zurück. Hat übersteuert. Quer über die Straße. Ist von der Fahrbahn abgekommen. Die Böschung runter. Sie haben sich mehrfach überschlagen. Dabei wurden Papa und Simone aus dem Auto geschleudert. Weil sie sich nicht angeschnallt hatten.

Mama *war* angeschnallt. Sie ist drin geblieben im Auto. Bis sie schließlich auf den Tieflader neben der Baustelle zugeschossen ist. Der Laster hatte Holzbalken geladen. Einer davon ist länger gewesen als alle anderen. Und der hat sich durch die Scheibe gerammt. Auf Mamas Seite. Sie war sofort tot.

Simone hat echt Dusel gehabt. Ist gegen einen Sandhaufen gefallen. Abschürfungen und verstauchte Knochen waren alles. Aber Papa ist gegen einen Betonmischer gekracht. Seine Knie sind Matsch gewesen. Und sein Rücken.

Lange haben die Ärzte gesagt, dass er wahrscheinlich nie wieder richtig laufen kann.

Das einzige Lebewesen, das den Unfall einigermaßen unbeschadet überstanden hat, ist der Kakadu gewesen. Das Hochzeitsgeschenk für Tante Hedwig.

VIERZEHN

Simone

Das einzig Gute an diesem entsetzlichen Tag war, dass Christiane und Birgit nicht auch noch mit im Auto saßen. Christiane forschte in den USA herum. Birgit machte Indien unsicher.

Sie hat fremde Länder gesehen. Sie hat in einer vollkommen anderen Kultur gelebt. Im Gegensatz zu mir. Ich bin nie aus dieser sterbenslangweiligen Gegend hier rausgekommen. Andererseits: Was hatte sie letztlich davon? Es ist nun wirklich mühsam genug, wie sie sich mit ihrer kleinen Werkstatt über Wasser hält. Aber so ist sie eben. Was Christiane zu viel hat an Ehrgeiz, hat Birgit zu wenig. Ihr fehlt einfach der Biss.

Nur einmal. Da hat sie mich wirklich überrascht. Sie war seit einigen Jahren wieder zurück in Deutschland und wohnte schon in ihrer Kate mit Werkstatt auf dem Land. Da kam sie zu mir und wollte alles wissen, was es zum Thema ,Bürgerbegehren' zu wissen gibt. Ich traute meinen Ohren nicht: Meine flippige Schwester Birgit interessiert sich für Details aus der baden-württembergischen Gemeindeordnung!

In ihrem Dorf gab es eine Wiese, die der Gemeinde gehörte. Zwischen zwei kleinen Fußball-Toren wurde gebolzt. Am anderen Ende war eine Feuerstelle eingerichtet. Dort grillten sowohl Einheimische als auch vorbeikommende Wanderer regelmäßig ihr Fleisch und ihre Würste. An dieser Wiese war ein Buchverlag interessiert, weil er dort eine Lagerhalle errichten wollte. Er war be-

reit, einen mehr als ansehnlichen Preis pro Quadratmeter zu be-
zahlen. Das Problem war, dass der Verlag sich auf stramm
deutsch-nationale bis offen faschistoide Autoren spezialisiert hatte. Trotzdem beschloss der Gemeinderat, dem Grundstücksver-
kauf zuzustimmen. Die Öffentlichkeit sollte am besten gar nichts
davon mitbekommen. Aber natürlich sickerte doch etwas durch.
Und dann war es meine Schwester Birgit. Die den Widerstand
dagegen organisierte. Sie klingelte an den Haustüren. Sie verteilte
Flugblätter. Und veranstaltete eine Versammlung in der Turnhal-
le.

Birgit legte eine erstaunliche Zielstrebigkeit an den Tag. Das hätte
ich ihr vorher nie zugetraut.

Nach drei Wochen war es soweit: Sie hatte die erforderliche An-
zahl von Unterschriften beisammen. Obwohl viele aus dem Dorf
zunächst überhaupt nicht verstehen konnten oder wollten, warum ihre Unterschrift wichtig war.

Die Durchführung eines Bürgerentscheids war dann aber gar
nicht mehr nötig: Der Gemeinderat revidierte seinen Beschluss
vorher freiwillig.

Manchmal denke ich, es wäre unheimlich schön gewesen, so eine
Schwester hier zu haben. In der Zeit unmittelbar nach dem Unfall. Zu zweit wäre vielleicht vieles wesentlich einfacher gewesen.

Aber ich war allein.

FÜNFZEHN

Christiane

Bevor Bernhard Maria kennenlernte, hat Simone ihn versorgt, vor allem in der Zeit kurz nach dem Unfall, als er überhaupt nicht laufen konnte. Es muss eine schreckliche - wahrscheinlich wäre grausame der treffendere Ausdruck - Phase für sie gewesen sein. Aber sie wollte es ja partout nicht anders haben. Sie sei schuld an Bernhards Zustand, und das wenigste, was sie tun könne, sei, dafür zu sorgen, dass es ihm so gut geht, wie die Umstände es eben zulassen.

Zu Mamas Beerdigung flog ich natürlich rüber aus den USA. Mein Chef dort zeigte Verständnis, und so konnte ich deutlich länger in Deutschland bleiben, als es ursprünglich geplant gewesen war. Auf diese Weise saß ich sogar auf einem der Zuhörerplätze beim Strafprozess, dem Simone sich stellen musste. Die Verhandlung vor dem Amtsgericht war die Hölle. Sie hatte sich ihren ersten richtigen Auftritt vor Gericht weiß Gott anders vorgestellt! Dabei war der Richter sogar erstaunlich nett zu ihr. Da konnte man wirklich nichts sagen. Das war nicht das Problem. Sogar der Staatsanwalt verhielt sich korrekt. Ich hatte fast den Eindruck, dass er sich auch nicht besonders wohl gefühlt hat, sie nicht nur wegen Körperverletzung, sondern sogar wegen fahrlässiger Tötung anklagen zu müssen.

Nein, unerträglich war etwas ganz anderes. Dass sie auf keine einzige Frage, die ihr gestellt wurde, antworten konnte.

‚Waren Sie besonders müde an diesem Tag? Wissen Sie noch, wie schnell Sie gefahren sind? Ganz rechts oder mehr in der Mitte? Was war das für ein Auto, das Sie überholt hat? Was für eine Marke? Limousine? Kombi? Coupé? Welche Farbe hatte es? Hell oder dunkel? Auffällige Reifen?'

Sie wusste es einfach nicht, sie konnte sich beim besten Willen nicht erinnern. Hinten drin saß eine Schulklasse. Mit der Zeit fingen sie an zu kichern, wenn Simone zum x-ten Mal sagen musste, dass sie nichts zur weiteren Aufklärung des Falles beisteuern kann. Sie wäre am liebsten im Erdboden versunken.

Irgendwann haben der Richter und der Staatsanwalt dann endlich aufgehört zu fragen.

Am Schluss kam zum Glück nur eine Geldstrafe heraus. Vielleicht, weil sie durch den Tod ihrer Mutter schon gestraft genug ist. In erster Linie aber, weil die – dieses Wortungetüm benutzte der Staatsanwalt in seinem Schlussplädoyer mehrfach - ‚Sorgfaltspflichtverletzung' nicht besonders schwerwiegend war. Übersteuern ist – so der Richter bei der Urteilsverkündung - ein Fehler, der insbesondere Fahranfängern häufiger passiert.

Papa hat die Strafe für sie bezahlt. Ohne mit ihr darüber zu reden. Sie wollte das nicht, aber das war ihm gleichgültig. Simone wäre wahrscheinlich sogar in die Fabrik gegangen, um das Geld dafür zu verdienen, aber das war ja dann nicht mehr nötig. Stattdessen hat sie sich eben um Bernhard gekümmert.

Sonst war ja niemand da. Nicht, um die Krankenschwester für ihn zu ersetzen. Und nicht dafür, dass Simone mit jemandem reden konnte, wenn sie nicht mehr weiter wusste.

Mamas Tod verursacht und Bernhard schwer verletzt: Das war ein Riesenpaket, das sie da auf ihren nicht übermäßig breiten

Schultern zu tragen hatte. Sie hätte unbedingt jemanden gebraucht, um wenigstens vorübergehend ein wenig von dem abladen zu können, was zentnerschwer auf ihr lastete. Birgit und ich waren zu der Zeit, zu der sie uns dringend gebraucht hätte, nicht in Deutschland. Deshalb suchte sie sich jemanden, der ihr wenigstens zuhören konnte, und dessen Antworten sie sich vorstellte: Simone fing schon ziemlich bald nach Mamas Tod an, sie zu „besuchen". Um mit ihr zu „reden". Maria erzählte mir Jahre später, dass Simone immer noch regelmäßig zum Friedhof pilgert, wenn sie mit irgendeinem Problem nicht zurande kommt. Manchmal sogar mitten in der Nacht. Die Tür ist zwar abgeschlossen, aber die Mauer an einer Stelle so verfallen, dass sie bequem drübersteigen kann.

Für mich wäre das nichts, nachts allein, auf dem Friedhof. Obwohl es Zeiten gab, zu denen auch ich ganz gerne jemanden zum Reden gehabt hätte. Aber das ist lange her. Jetzt arbeite ich in einem Spitzenteam, mein Beruf macht mir - immer noch –

riesigen Spaß, ich verdiene sehr gut, fliege zweimal pro Jahr in die Karibik, auf die Seychellen oder sonst wohin, bewohne eine schmucke Villa am Stadtrand und bin Vorsitzende des Kulturvereins, kurz: Mir fehlt *überhaupt* nichts.

Vielleicht, manchmal - ganz, ganz selten - wenn ich spätabends aus der Klinik komme, denke ich, dass es unter Umständen doch ganz angenehm sein könnte, wenn jemand auf mich wartete. Aber so kann ich machen, was ich will und muss auf niemanden Rücksicht nehmen. Schließlich bin ich eine Frau, die beruflich häufig sehr wichtige Entscheidungen trifft und auch sonst mitten im Leben steht. Als ob ich nicht vollkommen glücklich und zufrieden sein könnte! Auch ohne jemanden, der einem nachts ständig die Bettdecke wegzieht!

Birgit! Ja, die sieht das selbstverständlich vollkommen anders! Die könnte keinen einzigen Tag leben, ohne dass mindestens ein männliches Wesen um sie herumschwirrt.

Und jedes Mal dieser verstohlene Blick, wenn sie mich - was selten genug vorkommt - besucht! Immer springt ihr dieselbe, dumme Frage aus den Augen: ‚Liegen jetzt endlich eine zweite Zahnbürste und ein Rasierapparat im Badezimmer?'

Die soll nur ganz still sein! Wer hat mir denn damals das mit Rainer Salzmann vermasselt?

Nicht, dass es unbedingt Rainer Salzmann hätte sein müssen. Ich meine, mit dem ich … Keineswegs!

Zugegeben: Er war schon ganz nett. Ja. Aber das heißt natürlich nicht, dass ich - ich darf an dieser Stelle meine Schwester Birgit zitieren - ‚echt scharf' auf ihn gewesen wäre. Ich hätte mir vorstellen können, einen Teil meiner Freizeit mit ihm zu verbringen. Und wenn sich dann etwas ergeben hätte, ich meine, wenn wir uns richtig sympathisch gewesen wären: wer weiß?

Aber trotzdem: Was hatte Birgit sich da einzumischen?

Wen hat er denn immer angerufen? Sie oder mich?

Mit wem hat er denn über Gott und die Welt geredet?

Mit mir oder mit ihr?

Aber sie konnte ja schon damals nie genug kriegen!

Für mich interessierten sich nun wirklich nicht viele Jungs. So gut wie keiner, wenn ich ehrlich bin. Wobei man ihnen das nicht einmal verdenken kann. Ein Ausbund an Attraktivität bin ich ja nun wirklich nicht. Wenn ich allein schon an diese grauenvolle Femurwunde denke!

Und dann kommt Rainer Salzmann, einer, der *mich* anruft. Und nicht Birgit. Aber sie muss ihn mir natürlich unbedingt vor der Nase wegschnappen, das kleine Biest! Wenn sie wenigstens …

Aber ich schweife ab! Was wollte ich eigentlich schreiben? Ach ja, Simone. Ihre Karriere war zu Ende, bevor sie überhaupt angefangen hatte. Ganz am Anfang versuchte sie noch, ihr Referendariat am Landgericht zu beenden. Sie hatte eine der heiß begehrten Stellen hier in der Stadt bekommen, die normalerweise Familienvätern und wissenschaftlichen Assistenten vorbehalten waren. Aber sie schaffte es nicht, ihre Ausbildung und Bernhards Pflege unter einen Hut zu bekommen. Zu oft konnte sie nicht am Unterricht oder an Gerichtsterminen teilnehmen, zu wenig Zeit hatte sie, um Akten zu bearbeiten und Urteilsentwürfe zu fertigen, weil Bernhard sie ständig mit allem Möglichen in Beschlag nahm. So kam es, wie es kommen musste: Sie brach ab und blieb ganz zuhause bei Bernhard, obwohl ich ihr eins ums andere Mal vorschlug, jemanden für Bernhards Pflege zu engagieren und zumindest ihre Ausbildung zu beenden. Aber sie wollte das alles nicht hören, und so ist sie zu der unzufriedenen Hausfrau mit Studienabschluss geworden, die sie - bis heute - ist.

Wenn man sagen könnte, sie hat sich das selbst ausgesucht und ist - wenigstens einigermaßen - zufrieden damit: von mir aus. Aber gerade sie selbst ist es doch, die unausgesetzt über die verpassten Chancen in ihrem Leben lamentiert!

SECHZEHN

Simone

Irgendwann begann ich, mich damit abzufinden. Dass der unselige 11. Mai 1984 komplett aus meinem Gedächtnis gestrichen ist. Dafür ist mir die Zeit danach umso lebhafter in Erinnerung. Papa konnte nicht einmal an deiner Beerdigung teilnehmen, Mama. Er war noch an sein Krankenhausbett gefesselt. Birgit war quasi verschollen.

Nur Christiane.

Sie *war* da.

Und wie! Meine Güte, was hat die sich aufgeplustert! Wie unabkömmlich sie in ihrem Labor ist. Was für eine anspruchsvolle Arbeit sie hat. Wie groß die Schwierigkeiten sind bei der riesigen internationalen Konkurrenz. Man hätte meinen können, sie sei die Einzige auf der Welt, die in ihrem Beruf vorwärtskommen will.

Mama, du weißt, wie kurz ich davor stand! Aber es ging eben nicht. Wer hätte sich denn um Papa kümmern sollen? Meine Frau Schwester musste ja nach wenigen Wochen schon wieder abreisen. Sie war fein raus. Sie hatte den Unfall ja nicht verursacht. Und Birgit war sowieso nicht auffindbar.

Am Anfang zog ich noch das gesamte Programm durch. Ab fünf morgens. Papa aufs Klo bringen, waschen, anziehen, Bett machen. Dann Frühstück herrichten. Er wollte ein gekochtes Ei. Jeden Morgen. Vier Minuten. Exakt. Nicht eine Sekunde kürzer oder länger. Er stand mit der Uhr in der Hand neben mir. Dann das Frühstück. Meist hatte ich überhaupt keinen Hunger. Aber Papa bestand darauf, dass ich neben ihm sitze. Auch wenn er meistens stumm wie ein Fisch in seine Zeitung stierte. Sport. Regionalsport. Lokales. Immer in dieser Reihenfolge. Sobald er fertig war, konnte ich abräumen und spülen.

Wenn es gut lief, blieb noch eine halbe Stunde zum Aktenstudium. Bevor ich los musste. Zu der Zeit hatte ich gerade bei der Staatsanwaltschaft angefangen. Ich durfte zum ersten Mal richtige Sitzungsvertretung machen. Nicht mehr immer nur Theorie lernen. Sondern richtig praktisch arbeiten. Gut: Staatsanwalt war ganz bestimmt nicht mein Traumberuf. Aber ich war schon ziemlich stolz, wenn ich ehrlich bin. Ich hatte eine Robe an. Und dann, wenn ich mein Plädoyer hielt, waren alle mucksmäuschenstill. Auf mich kam es an. Das, was ich sagte, galt etwas.

Aber es ging nicht. Papas Pflege. Sitzungsvertretung. Unterricht und Lernen für das zweite Staatsexamen. Ich brachte es nicht unter einen Hut. Obwohl ich weiß Gott alles versucht habe! Meine Leistungen in den Probeklausuren fielen ab. Erst kaum merkbar. Aber dann immer deutlicher. Bis mich der Ausbildungsleiter in sein Zimmer zitierte. ‚Was ist denn los mit Ihnen, Frau Stamm?‘, wollte er wissen.

Das Ende vom Lied war, dass er mir riet, meine Ausbildung zu unterbrechen. Erst wollte ich das um keinen Preis. Aber dann sah ich ein, dass kein Weg daran vorbei führte. Und außerdem: Aufgeschoben ist ja nicht aufgehoben.

Dachte ich damals noch.

So ganz allmählich erholte sich Papa. Erst ging es in sehr kleinen Schritten aufwärts. Dann konnte er mit jedem Tag besser gehen. Eigentlich hätte er mich gar nicht mehr gebraucht. Zumindest nicht in der Intensität wie zuvor. Ohne dass ich es so richtig bemerkte, wurde ich mit der Zeit immer mehr zu einer besseren Haushälterin für ihn. Putzen. Kochen. Waschen. Bügeln. Das volle Programm.

Klar. Ich hätte mich weigern können. Aber ich schaffte es nicht. Wenn ich ihn schon fast zu einem Krüppel gemacht hatte, musste ich doch zumindest dafür sorgen, dass es ihm so gut ging wie eben möglich. Das war ich ihm schuldig. Und wie gesagt: Außer mir war ja niemand da, Mama.

Birgit. Wenn die zuhause geblieben wäre. Die *hätte* mir geholfen. Da bin ich mir sicher. Aber die wusste ja von nichts. Als sie aus Asien zurückkam, war Maria längst bei Papa eingezogen. Und ich überflüssig geworden. Christiane war da, bis sie nach Amerika zurück „musste". Oh ja. Sie war da! Ständig: ‚Warum machst du nicht dies? Warum machst du nicht das?' Ich konnte es nicht mehr hören! Statt dass sie selbst einmal einen Finger krumm gemacht hätte.

Einmal. Als ich mit hohem Fieber im Bett lag. Da sprang Frau Professor kurzfristig für mich ein. Aber sogar ich merkte von meinem Zimmer aus, wie widerwillig sie bei der Sache war. Und ich hörte Papa ständig an ihr herummeckern. Was nicht wirklich verwunderlich war. Das Verhältnis der beiden war ja nie besonders herzlich.

Na ja, du, Mama, bist ja wirklich die Letzte, der ich das erzählen müsste!

Inzwischen ist mir klar, dass so etwas wie das mit Christiane überall und ständig vorkommt. Nur eben, dass man immer glaubt, solche Geschichten passierten ausschließlich anderen Leuten. Nie einem selber.

Als es uns dann doch erwischte, war ich ganze vier Jahre alt. Ich bekam das alles damals natürlich nicht mit. Aber Papa selbst erzählte es mir. In der Zeit, als ich ihn pflegte. Eines Abends hatte er besonders starke Schmerzen. Er war ziemlich depressiv gestimmt. Und auf einmal begann er, zu erzählen. Ohne dass ich ihn etwas Bestimmtes gefragt hätte. Ich hatte das Gefühl, dass er den Druck, unter dem er stand, einfach nicht mehr aushielt. Er musste es einfach einmal loswerden. Nach den vielen Jahren des Schweigens. Tagelang überlegte ich hin und her. Ob ich es Christiane sagen soll. Letzten Endes entschied ich mich dagegen. Aber dann kam es zu einem Streit zwischen uns beiden. Wegen irgendeiner Nichtigkeit. Ein Wort gab das andere. Zum Schluss haben wir beide gekeift wie die Marktweiber. Und dann ist es mir rausgerutscht, ohne dass ich es eigentlich wollte. Dafür schäme ich mich heute noch, Mama.

SIEBZEHN

Birgit

Bis auf den Kakadu hat Simone hat den Unfall am besten überstanden. Physisch. Obwohl sie die Fahrerin war. Aber psychisch war sie hinterher so was von einem Wrack. Als ich sie nach meiner Rückkehr in die Bundesrepublik zum ersten Mal wieder gesehen hab', bin ich richtig erschrocken. Krummer Rücken. Abgebrochene Fingernägel. Haare, als ob sie mit einer Stricknadel in die Steckdose gekommen wär'. Und das bei einer Frau, die einmal die Handballqueen der Schule gewesen ist!

Sie hätte auf Christiane hören sollen! Mobile Krankenpflege. Ein Zivildienstleistender. Eine junge Frau, die sich etwas Geld nebenbei verdienen möchte. Oder sonst was in der Richtung. Was weiß ich.

Okay, Lizzy, du hast recht. Wahrscheinlich konnt' sie nicht ertragen, dass es ausgerechnet Christiane ist, die ihr vorschreibt, was sie tun oder lassen sollte. Die beiden hatten's ja nicht besonders dicke miteinander. Früher eigentlich schon. Aber als ich zurückgekommen bin: kein Stück mehr. Ich weiß nicht, warum. Vielleicht hat's da irgendetwas zwischen den beiden gegeben, als ich weg gewesen bin. Könnte gut sein. Nachtragend waren beide ja genug. Vor allem Christiane.

Meine Güte! Wenn ich nur an die Nummer mit Rainer Salzmann denke!

Sie war sechzehn damals, ich ein Jahr jünger. Als ich Rainer zweimal dabei erwischt hab, wie er um unser Haus geschlichen ist. Dann hat er jeden zweiten Tag bei uns angerufen. Wollte Christiane sprechen. Wegen irgendwelcher Hausaufgaben. Dabei saß er in *meiner* Parallelklasse. Und dann ist er auf einmal verdächtig oft bei uns aufgetaucht. Ob Christiane und ich Lust hätten, mit ihm ins Kino zu gehen. Ob wir mit ins Freibad wollten.

Na ja, Freibad war ja nicht. Da bekam man Christiane unter keinen Umständen hin. Aber sonst haben wir einiges zu dritt unternommen. Mir ist im Gegensatz zu Christiane sehr wohl aufgefallen, dass er sich die meiste Zeit nur mit ihr unterhalten hat. Schade eigentlich. Ich fand den Typen ganz niedlich. Wenn Christiane nicht im Rennen gewesen wär', wer weiß? Aber so kam er für mich natürlich nicht infrage.

Bei ihr wär' es ja auch wirklich an der Zeit gewesen, dass da endlich mal was passiert. Mit Jungs und so, mein' ich.

Irgendwann schien Christiane dann doch auch zu schnallen, was Sache war. Sie hat angefangen, blöd zu kichern, wenn er sie was gefragt hat. Und sie wollt' von mir wissen, welchen Nagellack sie nehmen soll. Ich würd' mich da ja schließlich auskennen.

Sie war nicht wiederzuerkennen. So aufgedreht kannte ich sie bis dahin überhaupt nicht.

Als die beiden nach vier Wochen immer noch nicht miteinander in die Gänge gekommen waren, konnt' ich es nicht mehr mit ansehen!

Wir haben uns zu dritt im Jugendhaus auf den ausrangierten Sofas herumgelümmelt. Christiane hat ihn die ganze Zeit angestarrt. Es ist echt schon peinlich gewesen. Das muss meine Schwester auch gemerkt haben, denn irgendwann hat sie gesagt, dass sie sich vom Tresen im Nebenraum eine Limo holt. Und sie hat Rainer gefragt, ob er auch eine möchte. Nur Rainer. Mich nicht. Er hat wortlos genickt und sie ist abgeschoben. Ich hab' Christianes Einkaufstour genutzt, mir Rainer vorgenommen und ganz zart angedeutet, dass Christiane durchaus nicht abgeneigt wäre. Und er soll sich nicht weiterhin so bescheuert anstellen, ihr endlich zeigen, dass er auf sie steht. So, dass sie es auch kapiert. Er hat mich angeschaut wie ein Auto. Und er hat angefangen herumzustottern. Er kann Christiane schon gut leiden. Aber er will nichts von ihr. Wirklich nicht. Und dann hat er so tief Luft geholt, wie ich kaum jemals jemanden hab' Luft holen sehen.

Es war vielleicht nicht ganz okay Christiane gegenüber. Aber schließlich hatte er ihr nie irgendetwas vorgemacht. Mich direkt anzurufen, dazu hat ihm der Mut gefehlt. Wenn er mit uns beiden zusammen war, konnte er sich mit Christiane viel einfacher und ungezwungener unterhalten als mit mir. Bei mir hat er einfach nicht gewusst, was er sagen soll.

Dann war er fertig mit seiner gestammelten Beichte und stand rum wie jemand, der in den nächsten Minuten sein Todesurteil erwartet.

Ich hab' ihn gefragt, ob er denn die Veränderungen bei Christiane nicht bemerkt hätte. Hat er, erklärte er treuherzig. Aber er ist nie auf die Idee gekommen, dass das an ihm liegen könnte.

Ich hab' mir ja schon allerlei Storys auf dem Gebiet anhören müssen. Auch solche, die kein vernünftiger Mensch jemandem ernsthaft abkaufen würde. Aber wie er so dastand, mit knallroter Birne und keine Ahnung hatte, wohin er mit seinen Händen sollte, konnt' ich nicht anders. Ich musste ihm wohl glauben. Na ja, und als er dann ganz schüchtern seine Hand auf meine gelegt hat, hab' ich sie nicht zurückgezogen. Ein paar Minuten später haben wir uns geküsst.

Dass Christiane inzwischen zurückgekommen war, haben wir erst gemerkt, als sie mich kräftig in den Hintern getreten hat.

Für sie hat es mir wirklich leidgetan. Ich hätt' es ihr wirklich gegönnt, dass das was wird mit Rainer. Aber ich konnte doch auch nichts dafür, dass er auf mich stand, und nicht auf sie. Ich von mir aus hätt' nichts gemacht! Wirklich nicht! Aber, wenn *er* anfängt? Es hätt' Christiane nun wirklich nicht geholfen, wenn ich ihn hätte abblitzen lassen.

Als wir zuhause waren, hab' ich versucht ihr zu erklären, was passiert ist, während sie die Limos holen war. Sie hat mir nach dem ersten Satz eine gescheuert und ist in ihr Zimmer gerannt. Monatelang haben wir kein Wort miteinander geredet. Höchstens vielleicht ‚Kannst du mir die Butter rübergeben?' Ich konnte sie schon verstehen. Aber was hätt' ich denn tun sollen? Wenn er nicht auf sie steht, steht er nicht auf sie.

Außerdem hat sich schon nach ein paar Tagen herausgestellt, dass Rainer eine ganz trübe Tasse ist. Der hat allen Ernstes verlangt, dass ich samstags bei ihm zuhause auf dem Familiensofa sitze und mir *Verstehen Sie Spaß* mit Kurt Felix anschaue. An dem hätte Christiane sowieso nicht viel Freude gehabt.

ACHTZEHN

Christiane

Bernhard nutzte Simone aber auch aus bis aufs Blut. Zuerst glaubte ich ihr - das muss ich zugeben - nicht so richtig, wenn sie mir davon erzählte, wie sie unter seinen Schikanen litt. Stand das Essen nicht sekundengenau auf dem Tisch, tobte er. Lag der Aschenbecher nicht exakt zehn Zentimeter links neben der kleinen Bronzefigur auf dem Sideboard, machte er einen Aufstand.

Natürlich war Bernhard verbittert. Mama war tot; er saß - zumindest am Anfang - im Rollstuhl. Auch die Schmerzen, die ihn plagten, dürften nicht gespielt gewesen sein. Ich kenne mich da aus. Aber das ist meiner Meinung nach kein Grund, Simone mit seiner Pedanterie das Leben zur Hölle zu machen. Andererseits weigerte sie sich strikt, von mir oder sonst jemandem Hilfe anzunehmen. Angebote gab es genug. Sie lehnte alle ab. Nur einmal, als sie für ein paar Tage mit einer schweren fiebrigen Darminfektion außer Gefecht gesetzt war, übernahm ich notgedrungen ihre - selbst aufgebürdeten - Pflichten. Da konnte ich am eigenen Leib spüren, was es hieß, Bernhard von morgens bis abends um sich herum zu haben und sich seinen Kasernenton anzuhören.

Aber die paar Tage hatten auch ihre positive Seite. Auf diese Weise erfuhr ich nämlich ein paar ganz interessante Details aus Bernhards Leben.

Und aus meinem!

Dadurch, dass Bernhard sich angewöhnt hatte, sich alles, was er brauchte, bringen zu lassen, öffnete ich Schränke und Schubladen, die sonst mit Sicherheit niemals mein Interesse geweckt hätten. Dabei kamen ganz erstaunliche Dinge zum Vorschein. Zum Beispiel jede Menge Sexmagazine, gut versteckt hinter den Wintermänteln im Kleiderschrank.

Oder die Pistole, die ich in der Nachttischschublade fand. Ich hatte nie gedacht, dass sich Bernhard vor Einbrechern fürchtete. Er, der immer wieder stolz auf seine ‚Nahkampfausbildung‘ und darauf hinwies, dass er in der Lage sei, jeden Angreifer mit den bloßen Händen erledigen zu können. Nachfragen von uns, wo und durch wen er diese Ausbildung erhalten habe, wich er konsequent aus. Und dennoch hatte gerade er eine Pistole. Quasi unter dem Kopfkissen.

Und dann gab es noch etwas, das ich aufstöberte.

Die Briefe.

Ich wolle sein Bett frisch beziehen. Die Leintücher lagen ganz oben im Wäscheschrank. Trotz meiner Körpergröße kam ich nur auf Zehenspitzen dran. Ich war einfach zu faul, einen Hocker zu holen, wie Mama das immer getan hatte. Stattdessen zog ich einfach am untersten Tuch, mit dem Ergebnis, dass mir der ganze Stapel entgegen flog. Es blieb mir nichts anderes übrig, als den Hocker doch noch zu holen und alles wieder einzuräumen. Hinter der Stelle, an der die Laken gelegen hatten, war es ziemlich staubig. Ich holte Eimer sowie Putzlappen und begann sauber zu machen. Ganz hinten im Eck lagen die Briefe. Sie steckten in blauen Umschlägen und waren mit einem Geschenkband zu einem ansehnlichen Packen zusammengeschnürt. Alle trugen den Absender ‚T. Gonzales‘, und alle waren an eine ‚Elisabeth

Muckenhaupt' adressiert. Zunächst hatte ich keine Ahnung, wer ‚Elisabeth Muckenhaupt' sein sollte, aber dann dämmerte mir langsam, dass Simone einmal von einer ‚Liesbeth' erzählt hatte, Mamas bester Freundin aus ihrer Studienzeit. Was hatte die gesammelte Korrespondenz von einer Elisabeth Muckenhaupt im Kleiderschrank hinter den Aussteuerbetttüchern meiner Mutter zu suchen? Neugierig öffnete ich den ersten Umschlag. Die Anrede ließ mich aufhorchen:

‚Sarah, Geliebte!'

Dieses Schreiben war nicht für Elisabeth Muckenhaupt, es war für Mama bestimmt. Ich zog noch zwei weitere aus ihren Umschlägen, und es war überall dasselbe. Das ließ nur einen Schluss zu: Alles wurde offiziell an die Freundin geschickt und dann heimlich an Mama weitergeleitet, was wiederum bedeutete, dass Mama einen Geliebten gehabt haben musste, mit dem sie auf diese konspirative Weise in Kontakt stand.

Ich rang lange mit mir, denn schließlich war es Mamas Post, die mich nichts anging. Ich hatte kein Recht, das zu lesen.

Ich würde ja auch auf die Barrikaden gehen, wenn jemand ohne meine ausdrückliche Erlaubnis Dinge läse, die ausschließlich für mich bestimmt sind. Deshalb legte ich das Bündel dahin zurück, wo ich es gefunden hatte. Aber schon am nächsten Tag schlich ich wieder um den Wäscheschrank herum. Ich hatte die diffuse Hoffnung, dass ich die Antwort auf eine Frage bekomme, mit der ich mich seit einigen Tagen herumschlug.

Es hatte ganz harmlos angefangen. Simone bat mich, eine Decke aus dem Schlafzimmer zu holen, weil Bernhard sich im Wohnzimmer hinlegen wollte. Ich ging hoch, fand die Decke aber nicht und kam unverrichteter Dinge wieder zurück, was Simone zu der sehr spitzen Bemerkung veranlasste, dass es kein Wunder sei, wenn ich nichts finde. Schließlich hätte ich mich ja noch nie herabgelassen, mich in irgendeiner Weise um den Haushalt zu kümmern. Ich schoss zurück, ein Wort gab das andere, und im Nu war ein veritabler Streit im Gange. Nach wenigen Sätzen ging es ans Eingemachte, und als Höhepunkt schleuderte sie mir entgegen, meine Gleichgültigkeit Bernhard gegenüber sei unerträglich. Aber wie sollte es auch anders sein. Schließlich sei er ja gar nicht mein richtiger Vater.

Simone ruderte dann auf meine ebenso massiven wie lautstarken Nachfragen sofort zurück und behauptete, ich habe sie vollkommen falsch verstanden, denn sie wollte lediglich einen - zugegebenermaßen - schlechten Scherz machen, weil sie total wütend auf mich gewesen sei.

In dem Moment glaubte ich ihr. Ich *wollte* ihr glauben, weil ich mir nicht vorstellen mochte, dass es kein Scherz war. Aber nach und nach schlichen sich Zweifel ein, ob nicht vielleicht doch etwas an dem dran sein könnte, was Simone mir an den Kopf geworfen hatte. Und es war ja nicht ausgeschlossen, dass die Briefe die Antwort auf diese Frage beinhalteten. Also begann ich, zu lesen. Der erste Brief datierte vom Mai 1963. Er enthielt im Wesentlichen ziemlich abgedroschenes Gesäusel: ‚Du bist meine Sonne, ich gehe für dich an das Ende der Welt', so was. Und es ging genauso weiter: ‚Ich beneide deinen Morgenmantel, der dich an jedem Tag vollkommen umhüllen darf'. Solcher pseudoromantischer Schmus eben. Ich war reichlich enttäuscht. Wenn sie sich schon einen Liebhaber zulegt, hätte es doch wenigstens jemand sein können, der zumindest ein gewisses Maß an Niveau besitzt!

So plätscherte ein Brief nach dem anderen vor sich hin. Bis die Tonlage sich auf einmal vollkommen änderte. Meine Mutter wurde mit Vorwürfen überhäuft. Wie denn das habe passieren können. Was denn jetzt werden solle. Wie sie sich das alles vorstelle. Ob sie ihm seine Zukunft ruinieren wolle.

Ich konnte mir beim besten Willen nicht denken, dass, warum und wie meine Mutter die Zukunft ihres Liebhaber ruinieren hätte sollen. Also nahm ich mir mit steigendem Interesse die nächsten Bögen vor.

Zwei Briefe später war ich - was selten vorkommt - sprachlos. Der Verfasser der Briefe verlangte von meiner Mutter kategorisch, dass sie - so wörtlich – ‚das Balg wegmachen lassen soll'.

Es dauerte ein paar Sekunden, bis ich begriffen hatte, dass meine Mutter schwanger von ihm geworden war. Und noch einen Wimpernschlag später riss ich meine Augen hoch zu der Stelle, an der das Datum des Briefes stand. 31. Oktober1963! Ich wurde am 26. Juni 1964 geboren! Das ‚Balg', von dem da die Rede war, das war ich!

Mutter muss ihn nach diesem Brief in die Wüste geschickt haben, denn danach gab es keine Briefe dieses widerlichen Herrn Gonzales mehr. Aber ich musste ab sofort damit zurechtkommen, dass ich nicht Bernhards leibliche Tochter war.

Wie auch immer: Ich bin schon wieder völlig abgeschweift. Was wollte ich eigentlich sagen?

Ach ja: Simone spielte die Rolle von Bernhards Haushälterin, die ich schon nach wenigen Tagen mehr als satthatte, hingebungsvoll mehrere Jahre lang. So lange, bis Bernhard Maria kennenlernte.

NEUNZEHN

Birgit

Lizzy hör auf!

Du weißt ganz genau, dass ich auf deine ‚Kleiner-unschuldiger-Schäferhund-möchte-so-gerne-noch-einen-einzigen-Zimtstern-Nummer' nicht hereinfalle! Du hast genug Süßes bekommen in den letzten Wochen!

Du bist genau wie Papa. Der konnte auch nie genug von den Dingern bekommen. Deshalb bin ich ja auf den Dreh mit den Plätzchen gekommen. Kaliumzyanid aufzutreiben war nicht das Problem. Nachdem ich aus Indien zurückgekommen bin, wusste ich so ziemlich alles, was man über Silberschmuck wissen kann. Die Schule hatte ich abgebrochen. Die Lehre geschmissen. Auf irgendeine neue Ausbildung hab' ich keine Lust gehabt. Außerdem: Wer hätte mich denn noch genommen? In meinem Alter? Schließlich hatte ich inzwischen stramme 27 Jahre auf dem Buckel. Also hab' ich das getan, was ich konnte. Ich hab' mir auf Pump einige Meter Silberdraht und was man sonst noch so braucht besorgt und angefangen, Modeschmuck auf Kunsthandwerkermärkten zu verkaufen. Die Dinge sind ganz gut angelaufen und nach zwei, drei Jahren bin ich aus dem Gröbsten raus gewesen. Zur Schmuckherstellung ist ziemlich schnell die Reparatur gekommen. Du machst dir kein Bild, Lizzy, wie viele Leute ständig ihren Schmuck kaputtmachen. Mir sollte es recht sein. Auf die Weise kam ich zu einem festen Einkommen, auch wenn der Verkauf mal nicht so besonders lief. So ging das ein paar Jahre. Ich wohnte in WGs. In einer davon hat ein Typ gewohnt, der später dann ziemlich groß rausgekommen ist. Als Rockstar. Wegen dem bin ich dort ausgezogen. Es war einfach zu laut.

Meine Zimmer waren gleichzeitig auch immer meine Werkstatt. Aber irgendwann hatte ich diese ewigen Diskussionen so was von satt! ‚Ich hab' letzte Woche das Klo geputzt, ich bin nicht schon wieder dran!' Es war unerträglich! Ich bin ausgezogen und hab' auf dem Land ein Häuschen gemietet. Winzig, ziemlich sanierungsbedürftig, aber mit einer richtigen Werkstatt im Erdgeschoss.

Klar. Mit der Frau Professor kann ich mich natürlich nicht messen. Aber ich bestreite meinen durchaus nicht immer bescheidenen Lebensunterhalt aus eigener Kraft. Ohne Studium oder sonstige Ausbildung, aber mit viel Spaß an der Arbeit. Nicht so, wie Simone, die sich den lieben langen Tag zu Tode langweilt, seit ihre Kinder angefangen haben, sich gegen ihr ständiges Gluckengehabe zu wehren.

Ich repariere oder verkaufe Schmuck und bin glücklich damit. Punkt.

Außerdem hat mich meine Arbeit auf die Idee mit den Zimtsternen gebracht. Wenn ich ein Messingteil versilbern will, brauche ich zwei Elektroden in einem Wasserbad, in dem Kaliumzyanid und Silberchlorid gelöst sind. Sobald der Strom fließt, beginnt sich das Silber auf dem Messingteil abzuscheiden. Das Silberchlorid kaufe ich in der Apotheke. Vollkommen legal. Das Kaliumzyanid „beziehe" ich aus einer anderen Quelle. Eine meiner ehemaligen Mitbewohnerinnen, Martina, versucht sich als Autorin. Leider mit sehr mäßigem Erfolg. Deshalb muss sie putzen gehen.

In einem Galvanikbetrieb. Da steht das Zeug fassweise herum. Wenn sie mir gelegentlich ein Tütchen davon abfüllt, merkt das kein Mensch. Ich habe das Kaliumzyanid, das ich für meine Arbeit benötige. Martina bekommt Kohle von mir, die sie wirklich dringend brauchen kann. Dem Betrieb entsteht kein nennenswerter Schaden. So sind alle zufrieden und glücklich mit diesem Arrangement.

Dass ich vorhab', Papa eine ordentliche Portion von dem Pulver zu verpassen, hab' ich Martina natürlich nicht auf die Nase gebunden. Sie wohnt inzwischen weit genug weg. Sie bekommt nicht mit, wenn Papa stirbt. Und wenn je doch, würde sie mir meine Geschichte ohne Weiteres glauben. Die von Papas drittem Herzinfarkt, den er leider nicht überlebt hat.

So hatte ich mir das alles fein säuberlich ausgemalt. Bis ich im Internet auf ein Riesenproblem gestoßen bin. Überall war zu lesen, dass mit Kaliumzyanid Vergiftete Meilen gegen den Wind stinken. Bittermandel. Typisch und durchdringend.

Ich hab' überlegt, Papa hinterher eine Handvoll Rasierwasser ins Gesicht zu schütten. Von dem, das alle Katzen der Nachbarschaft hinter ihm herheulen ließ, wenn er die Straße lang ging. Aber würde das reichen? Spätestens Christiane oder Dr. Wegener könnte der Geruch nach Bittermandeln sehr wohl auffallen. Und wenn erst einmal ein leiser Zweifel an einem natürlichen Tod vorhanden ist, wird auch weiter gegraben.

Nein, Lizzy, das Risiko war zu groß. Obwohl es einfach zu gut gewesen wäre, wenn ihm seine Gier nach meinen Zimtsternen zum Verhängnis geworden wäre. Nein. So schade es auch gewesen ist. Ich musste mir etwas anderes einfallen lassen.

ZWANZIG

Christiane

Aus heutiger Sicht betrachtet ließ Bernhard mich immer spüren, dass ich ein Fremdkörper war. Nicht offensichtlich. Nicht so, dass es für Außenstehende erkennbar gewesen wäre. Ich bekam zum Geburtstag nicht weniger oder billigere Geschenke als Birgit oder Simone, ich durfte genauso oft als Erste eine Kerze am Weihnachtsbaum anzünden wie die beiden anderen. Aber trotzdem spürte ich überdeutlich, dass er mich viel weniger mochte. Es waren Kleinigkeiten. Wie er nichts sagte, aber deutlich vernehmbar seufzte, wenn ich schon wieder neue Kleider oder Schuhe brauchte, weil ich so schnell wuchs. Wie er vorschlug, Hosen und Hemden für mich in Zukunft in der Männerabteilung einzukaufen. Wie er im Vorbeigehen murmelte ‚Lass' es, bei dir lohnt es nicht!', wenn ich vor dem Spiegel stand und ungeschickt versuchte, Wimperntusche oder Lippenstift aufzutragen. Birgit war in seinen Augen das Top-Model, Simone der Kumpeltyp. Ich das hässliche Entlein. Kein Wunder, dass ich keine Jungs kennenlernte. Es hätte ja nicht ständig vorkommen müssen. Wie bei Birgit. Aber einen oder vielleicht sogar zwei, das wäre unter Umständen vielleicht doch ganz nett gewesen.

EINUNDZWANZIG

Simone

Christiane war zum guten Teil selbst schuld. An ihrem Single-Dasein. Allein schon dieses Theater, das sie immer um den kleinen Kratzer an ihrem Oberschenkel machte! Als ob der einem Mann auch nur aufgefallen wäre. Einem, dem gerade die Finger zittern. Weil er dabei ist, ihr die Hose oder den Rock auszuziehen!

Aber sie war absolut nicht davon abzubringen. Dass jeder sofort schreiend aus dem Zimmer rennt. Nachdem er den ersten Blick auf ihre Beine geworfen hat. Und auch sonst stellte sie sich aber auch so was von ungeschickt an! Wenn schon mal jemand anrief, blaffte sie richtig zickig zurück. Ich hätte mich auch nicht wieder bei ihr gemeldet. Nur an ein Mal kann ich mich dunkel erinnern. Da war was. Keine Ahnung, wie der Typ hieß. Aber der ließ nicht locker. Sie gingen sogar zusammen weg. Kino. Jugendhaus. Keine Ahnung. Wo man eben so hingeht. Ich glaube, manchmal ging Birgit auch mit. Aber ich hatte den Eindruck, dass der Typ ausnahmsweise einmal mehr an Christiane interessiert war. Und dann von einem Tag auf den anderen: Funkstille. Natürlich versuchte ich, Christiane auszuquetschen. Es war kein Ton aus ihr herauszubekommen. Sie rannte nur heulend auf ihr Zimmer. Schloss sich ein. Und kam den ganzen Abend nicht mehr herunter. In der Folgezeit redete sie kein Wort mehr mit Birgit. Die fragte ich natürlich auch, was los war.

Nichts. Kein Ton.

Erst dachte ich, Birgit hat ihn ihr ausgespannt. Aber das war es nicht. Birgit lief keine Woche später schon mit einem anderen Händchen haltend durch die Gegend. Der Typ wollte sie sofort loslassen, als er mich sah. Aber sie hielt ihn fest. Sie wusste, dass ich sie nicht verpetzen würde.

Dann wurde Birgit schwanger und Christiane zog zum Studieren weg. Wie ich sie kenne, stürzte sie sich mit Feuereifer auf ihre Bücher und Lehrveranstaltungen. Da dürfte kaum Zeit für etwas anderes geblieben sein. Schon gar nicht für Männer. Gehört habe ich zumindest nie etwas. Offensichtlich war ihr ihre Karriere immer wichtiger als alles andere.

Das heißt: Einmal war wohl doch irgendetwas. Das muss gegen Ende ihres Studiums gewesen sein. Oder war sie sogar schon fertig? Und schrieb an ihrer Doktorarbeit? Keine Ahnung. Ist ja auch egal. Auf jeden Fall war ich ziemlich überrascht. Als sie einmal während des laufenden Semesters nach Hause kam. Normalerweise blieb sie dort, wo sie studierte, und büffelte wie eine Wahnsinnige. Machte Praktika, die gar nicht zwingend vorgeschrieben waren. Beschäftigte sich mit Randgebieten, die niemals geprüft werden würden. So ist sie eben. Aber in diesem Semester kam sie nicht nur einmal. Alle Nase lang stand sie zuhause auf der Matte.

Wie gesagt. Ich habe mich zwar gewundert. Aber auf die Idee, dass ein Mann dahinter stecken könnte, bin ich zunächst überhaupt nicht gekommen.

Erst als Papa mich fragte. Ob ich denke, dass es etwas wird mit Christiane und einem gewissen Sven. Ich wusste nicht, woher er von dieser Sache Wind bekommen hatte. Aber ich hatte den Eindruck, dass es ihm durchaus recht gewesen wäre, wenn das mit Christiane und Sven geklappt hätte. Erst da schaute ich genauer hin. Und Tatsache: Sie ging abends weg. Theater. Konzert. Das machte sie vorher nie. Und immer tat sie vorher wer weiß wie geheimnisvoll am Telefon. Sobald jemand reinkam, war sie stumm wie ein Fisch.

Und dann war der Typ offensichtlich irgendwann von einem Tag auf den anderen spurlos verschwunden. Zumindest war es vorbei mit den geheimnisvollen Telefonaten. Und mit dem Weggehen abends.

Kein Mensch wusste, warum er nicht mehr aufgetaucht ist. Christiane zu fragen, wäre völlig sinnlos gewesen. Sie hätte keinen Ton gesagt.

Und danach war, soweit ich weiß, nie mehr wieder etwas. Mit Christiane und einem Mann. Mit einer Frau übrigens auch nicht. Christiane steht nicht auf Frauen.

Bei Birgit bin ich mir da in letzter Zeit nicht mehr so sicher.

ZWEIUNDZWANZIG

Christiane

Ich habe keine Ahnung, wann genau Bernhard Maria kennengelernt hat. Irgendwann - es muss so 1989, - 90 gewesen sein - kam
ich nach Hause und sie war einfach da. Ihr Shampoo stand im
Badezimmer, ihr Nachthemd lag auf Mamas Bett.

Rational war mir klar, dass es das Selbstverständlichste auf der
Welt ist, wenn ein Mann fünf Jahre nach dem Tod seiner Frau das
Alleinsein satthat. Aber - wenn ich ehrlich bin - hatte ich vom ersten Moment an Vorbehalte gegen Maria. Ich weiß, es ist unge-
recht. Aber ich wollte nicht, dass eine fremde Frau Mamas Platz
einnimmt. Dabei gab Maria sich alle erdenkliche Mühe, mit uns
Töchtern - wie sie uns vom ersten Tag an nannte - zurechtzu-
kommen, ohne je aufdringlich oder anbiedernd zu werden. So
sind wir schließlich ganz gut miteinander ausgekommen, Maria
und ich. Was allerdings auch nicht besonders schwer war, da ich
selten nach Hause kam. Wenn überhaupt, dann um Birgit oder
Simone zu sehen. Wenn Bernhard und Maria nicht zuhause waren, konnte ich damit gut leben. Aber meistens hatte ich gar keine
Zeit für irgendwelche Besuche. Physik und Medizin gleichzeitig
zu studieren, ist ziemlich zeitaufwändig. Physik hatte mich schon
im Gymnasium fasziniert. Vor allem die Kernphysik mit ihren
Verbindungen zur Astronomie hatte es mir angetan. Es klingt
vielleicht komisch, aber es interessierte mich wahnsinnig, was die
Welt sozusagen im Innersten zusammenhält. Aber Physik als Be-

ruf konnte ich mir nicht vorstellen, sodass spätestens seit der Mittelstufe klar war, dass ich Ärztin werden will. Deshalb kam es zu einem Doppelstudium: Das eine aus purem Interesse für das Fach, das andere um den Wunschberuf zu erlernen. Natürlich musste ich dafür Opfer bringen. Die wenige Freizeit, die ich zur Verfügung hatte, wollte wohl verteilt sein. Da blieb nach Schlafen, Einkaufen, Essen und ab und zu Fernsehen nicht mehr viel übrig. Ich hatte einfach keine Zeit, mir in Kneipen die Abende um die Ohren zu schlagen. Und zu den Partys, die ständig und überall stattfanden, wurden andere eingeladen, nicht ich. Das war kein Wunder. Veranstaltungen solcher Art stellten nichts anderes dar als eine einzige große Beziehungsbörse, auf der ausgiebig ‚Bäumchen wechsel' dich' gespielt wurde. Das war nicht der Ort, um Theorien über die Entstehung des Weltalls zu diskutieren. Aber ich will mich ja gar nicht beklagen. *Ich* wollte es so. Punktum.

Trotzdem war es eine Ochsentour. Allein schon die ganzen Praktika. Oder dann die Ausbildung in der Klinik. Und ich wollte ja nicht nur so eben durchkommen, sondern ich wollte gut sein, sehr gut sogar. Und ich hatte vor, es in meinem Beruf zu etwas zu bringen. Was mir ja dann auch gelungen ist. Im Gegensatz zu Simone. Das Potenzial hätte sie zweifellos genauso gehabt wie den nötigen Ehrgeiz. Ich glaube, sie war vielleicht sogar noch ein ganzes Stück ehrgeiziger als ich. Dass sie dann alles fast von heute auf morgen aufgab, kann ich absolut nicht nachvollziehen. Schade drum! Sie wäre bestimmt eine ausgezeichnete Botschafterin geworden, wenn sie dieses Ziel weiter verfolgt hätte. Aber sie wollte ja nicht hören, wenn man ihr etwas sagte.

Bei Birgit ist es anders. Sie hatte auch an dem Tag, an dem sie nach Asien abreiste, noch keinerlei Vorstellung davon, was sie einmal beruflich machen wollte. Sie war eher der spontane Typ. ‚Jetzt schauen wir mal, und dann werden wir schon sehen!' Das war ihre Lebensmaxime. Kein Wunder, dass sie mit noch nicht einmal achtzehn in diese Schwangerschaft reingeschliddert ist.

Anders kann man es ja wirklich nicht nennen. Die beiden waren Kinder, ganz egal, wie erwachsen sie sich vorkamen. Sie lernte ihn bei einer Party in der Schule kennen. Es ist mit vollkommen schleierhaft, wie sie das jedes Mal angestellt hat. Ein Abend, und sie landet mit dem Typ im Bett!

Damals habe ich sie fast ein wenig darum beneidet. Der Bursche sah aber auch wirklich mehr als gut aus! Groß, breite Schultern, kräftige, aber trotzdem sensible Hände. Und sein Lächeln war überwältigend.

Wie intelligent er war, kann ich natürlich nicht beurteilen, denn ich konnte mich nie länger mit ihm unterhalten. Sie durfte ihn ja nicht mit nach Hause bringen. Sonst wäre Bernhard ausgerastet. Ich weiß bis heute nicht, was er gegen Karlheinz hatte.

Ich traf Birgit und Karlheinz zwei- oder dreimal in dem Café, in dem sich fast täglich die gesamte Oberstufe traf. Er war höflich und korrekt. Mehrmals kamen seine Sportskameraden zu uns an den Tisch, einzeln oder in kleinen Grüppchen. Er spielte Basketball. Ich glaube, Center war die zutreffende Bezeichnung für die Position, die er innerhalb der Mannschaft hatte. Er musste ein ziemlich guter Center sein, wenn das, was seine Kumpels über ihn erzählten, zutraf. Dabei hatte ich nie das Gefühl, dass er mit seinen sportlichen Erfolgen angab.

Er schien das nicht nötig zu haben. Genauso wenig, wie das Macho-Gehabe der anderen. Sie versuchten, ihn dazu zu bringen, dass er mitmachte. Aber er tat es nicht. Er blieb - wie soll ich es ausdrücken - ja, er blieb korrekt.

Erst einige Zeit später erfuhr ich, dass er auch Musik machte. Er spielte den Bass in einer Reggae-Band. Sie hatten wohl ein paar Auftritte, aber den wirklichen Durchbruch schafften sie leider nie. Zumindest hörte ich nichts mehr von der Gruppe.

Nach Birgits Abtreibung sah ich ihn nie wieder. Ob Birgit ihn hinterher noch traf, weiß ich nicht. Ich meine, nachdem alles vorbei war. Eher nicht, denn kaum konnte sie nach dem Eingriff wieder einigermaßen gehen, packte sie ihre Siebensachen zusammen und verschwand. Für eine Woche. Kein Mensch wusste, wo sie war. Dann kam sie zurück und ging wieder zur Schule, als ob nichts gewesen wäre. Nur ihre Leistungen wurden nach und nach schlechter.

Ich finde, sie hätte sich mehr anstrengen können! In Ordnung. Es ging ihr dreckig damals. Aber sich schlecht zu fühlen ist noch lange kein Grund, sich so hängen zu lassen! Meine Studienzeit war auch nicht das pure Frohlocken. Aber ich kämpfte mich durch. Bis wieder bessere Zeiten kamen.

Birgit nicht. Sie gab die Leidende. Dabei hätte ich ihr geholfen, wenn sie mich nur gelassen hätte. Dann fing sie eine Ausbildung bei einem Elektrogeschäft an. Das schien sie zu interessieren. Aber mitten in ihrer Lehrzeit war sie plötzlich wieder wie vom Erdboden verschluckt. Alle dachten, dass sie nach einer Woche wieder da ist. Wie schon einmal. Aber als nach vier Wochen eine Karte aus Pakistan bei uns eintrudelte, zeichnete sich ab, dass Birgit wohl länger wegbliebe. Dass es so lange sein würde, hätte natürlich damals niemand für möglich gehalten.

Die Abtreibung musste sie doch mehr mitgenommen haben, als ich gedacht hätte. Ich glaube fast, sie wollte das Kind tatsächlich. Als sie mir anvertraute, dass sie schwanger ist, hatte ich den Eindruck, dass sie ihren Zustand keineswegs - wie es eigentlich in dieser Situation zu erwarten gewesen wäre - als Katastrophe, sondern als - wie soll ich sagen? - ja, beinahe als freudiges Ereignis empfand.

Aber nüchtern betrachtet hatte Bernhard natürlich recht. Sie war noch keine achtzehn, Kalle gerade mal neunzehn, sie kannte ihn noch kein halbes Jahr, er verdiente nichts, sie verdiente nichts, sie hatten keine Wohnung, sie standen am Anfang ihrer beruflichen Laufbahn. Ungünstiger konnten die Startvoraussetzungen für eine Familiengründung kaum sein.

Ich weiß nicht, wie oder womit Bernhard sie überzeugen konnte. Mama hat sich dabei erstaunlicherweise rausgehalten. Das war allein eine Sache zwischen Bernhard und seinem Liebling Birgit.

Als Birgit auch nach zwei Monaten noch nicht zurück war, ging ich in ihr Zimmer und - ich weiß, dass das nicht in Ordnung war - suchte in ihrem Kalender nach der Nummer von Kalle. Ich saß mindestens zehnmal mit dem Hörer in der Hand vor dem Telefon.

Gewählt habe ich nie.

DREIUNDZWANZIG

Birgit

Ich hab' ewig von drei Tagen drüber nachgedacht, wie es gehen könnte. Ohne Zimtsterne. Und dann ist mir zufällig ein Artikel in der Zeitung ins Auge gefallen. Unter der Rubrik ‚Blick in die Welt'. Da stand, dass in den Staaten der Gitarrist einer jungen, hoffnungsvollen Rockband beim Reparieren seines Verstärkers zu Tode gekommen sei. Ich hab' weitergeblättert, aber die Idee ist mir nicht mehr aus dem Kopf gegangen. Da müsste sich doch etwas arrangieren lassen. Schließlich hat Papa oft genug stundenlang im Keller gesessen und irgendwelche Transistoren und Dioden zu weiß der Geier welchen Apparaten zusammengebastelt.

Auch wenn von meiner Lehre nicht mehr viel übrig geblieben ist: Ein paar Grundzusammenhänge sind mir schon noch klar gewesen. Darauf konnt' ich aufbauen. So viel, wie zu der Zeit, hab' ich noch nie in meinem Leben mit Surfen im Internet verbracht. Was immer es zum Thema ‚Verstärker' und ‚Vorsichtsmaßregeln bei der Reparatur von elektrischen Geräten' gab: Ich hab's mir reingezogen. Deutsch und Englisch. Das hab' ich noch aus meiner Zeit in Indien draufgehabt.

Und mit einem Schlag war alles klar. Es könnte schwierig werden, aber es würde klappen. Allerdings waren erhebliche Vorbereitungen nötig. Als Erstes musste ich investieren. In einem Internetcafé hab' ich bei eBay zweierlei bestellt: erstens einen Voltmeter, der nach Marke und Fabrikat exakt dem entsprach, den Papa in seiner Bastelstube liegen hatte. Und zweitens einen Gitarrenverstärker der unteren Preisklasse. So einen, wie ihn eine Band besitzen würde, die gerade ihre ersten Gigs hinter sich gebracht hat. Bis ich beides gefunden, bestellt und zugeschickt bekommen hab', ist einige Zeit vergangen. Als endlich alles auf meinem Tisch stand, hab' ich mich in Papas Bastelkeller geschlichen und einen Elektro-Kondensator aus der Box mitgenommen, in der er die kaputten Bauteile sammelt. Den nicht mehr funktionierenden Kondensator hab' ich in den Verstärker eingebaut. Der ist danach zwar immer noch funktionsfähig gewesen, hat aber gebrummt wie ein Bär. Perfekt! Als Nächstes hab' ich mir einen Tag ausgesucht, an dem Papa seinen monatlichen Skat-Stammtisch hatte. Ich konnte also sicher sein, dass er keine Zeit für Reparaturarbeiten haben würde. Ich hab' den brummenden Verstärker angeschleppt und ihm eine rührende Geschichte dazu erzählt. Ein Freund von mir hätte überraschend einen Gig, aber sein brummender Verstärker würde ziemlich stören. Ob Papa ihn nicht vielleicht reparieren könne. Das passende Vokabular kannte ich noch aus meiner Zeit mit Kalle.

Wie vorhergesehen, hat er sich geweigert. Ich hab' rumgequengelt. Ob er nicht wenigstens einen kurzen Blick drauf werfen kann. Er hat zwar gegrummelt, aber dann den Verstärker in seinen Keller geschleppt und ist nach weniger als fünf Minuten wieder auf der Matte gestanden. ‚Brummt ziemlich. Einer der Sieb-Elkos für die Stromversorgung dürfte im Eimer sein', hat er gemeint. ‚Das ist kein Problem. Ich muss nur schauen, ob ich ein passendes Ersatzteil im Fundus habe. Wenn nicht, dauert es mindestens eine Woche'.

Perfekt.

Ich hab' Papa dann die Story erzählt, dass mein Bekannter dann eben heute Abend mit dem brummenden Verstärker auskommen müsste, und das Ding wieder mitgenommen. Und gestern Nachmittag hab' ich ihn wieder mitgebracht. Im Laufe der nächsten Tage wird Papa sich in seinen Keller setzen, das Chassis aufschrauben und, wie es sich gehört, mit dem Voltmeter prüfen, ob gefährliche Spannung auf den Elektrokondensatoren liegt. Das Voltmeter wird nichts anzeigen. Nicht, weil keine Spannung da wäre. Im Gegenteil: Ich werd' die Elkos aufladen, bis sie fast platzen vor Spannung. Nein, das Voltmeter wird nichts anzeigen, weil ich es entsprechend manipuliert hab'. Papa wird mit dem Messergebnis zufrieden sein und mit dem Austausch des kaputten Elkos anfangen. Natürlich hab' ich einen Kondensator genommen, für dessen Ausbau man beide Hände braucht. Und sobald er das Ding anfasst, ist er tot.

Das Wahrscheinlichste ist, dass Simone oder Christiane ihn finden wird. Aber selbst wenn es irgendjemand anderes sein sollte: Kein Mensch wird auf das Voltmeter, das auf dem Tisch liegt, achten. Ich hab' dann alle Zeit der Welt, es wieder gegen Papas funktionsfähiges Original auszutauschen, wenn ich zuhause auftauche, nachdem eine meiner Schwestern mich alarmiert hat.

VIERUNDZWANZIG

Simone

Christiane übertreibt. Wie bei vielen Dingen. Birgit war kein Männer verschlingender Vamp. Überhaupt nicht. Gut. Sie hatte gelegentlich Liebhaber. Aber welche Frau hat das nicht? Außer Christiane?

Ich selbst war auch kein Kind von Traurigkeit. Vielleicht etwas mehr im Verborgenen. Aber ich hatte durchaus mein Stück vom Kuchen.

So ist das nicht.

Nur in der Zeit, als ich zuhause war, bei Papa. Da tat sich nichts. Ich hatte einfach keine Energie mehr. Nach einem Tag, der von morgens bis abends randvoll war mit Schuften und Rackern. Ohne Pause.

Und dann kam Maria. Sie konnte alles für ihn tun, was ich auch konnte. Und auch das, was ich nicht konnte.

So kam es, wie es kommen musste.

Sie übernahm nach und nach meine Aufgaben. Ich wurde überflüssig. Mehr noch: Ich störte.

Nicht, dass Maria versuchte, mich aus dem Haus zu ekeln. Überhaupt nicht. Im Gegenteil. Sie wollte mit Papa und mir zusammen so etwas wie eine Familie haben. Aber Papa wollte nicht. Plötzlich schmeckte ihm nicht mehr, was ich gekocht hatte. Auf einmal waren ihm die Hemden, die ich gewaschen hatte, nicht mehr weiß genug.

Klar. Das wäre der Moment gewesen, um mit dem Referendariat weiter zu machen. Aber genau in der Phase lernte ich Georg kennen. Ich verliebte mich Hals über Kopf in ihn. Was ein Fehler war. Wie ich jetzt weiß. Aber damals konnte es mir nicht schnell genug gehen. Mit Heirat. Und eigener Wohnung. Und dem ersten Kind.

Er konnte sich nicht um unsere Tochter kümmern. Er musste Geld verdienen. Und mir hat es sehr viel Spaß gemacht. Ich wurde wieder gebraucht. Ich hatte wieder eine Aufgabe, die mich vollständig ausfüllte. Kaum ein Jahr später kam dann unser Sohn.

Aus heutiger Sicht war Georgs Heiratsantrag das endgültige Aus meiner beruflichen Ambitionen. Umso mehr, weil Georg wirklich anständig verdiente. Wir waren auf ein zusätzliches Einkommen nie angewiesen.

Solange die Kinder klein waren, ging es mir ganz ordentlich. Ich hatte zwar immer noch keinen Beruf, aber die Kinder hielten mich den ganzen Tag über schwer auf Trab. Sie waren aufgeweckt und lebhaft. Vor allen Papa hatte seine helle Freude an ihnen. Wenn ich nur an seine Geburtstage denke. Wie liebevoll er mit ihnen spielte. Wie sie uns alle mit ihren kindlichen Fragen zum Lachen brachten. Und oft genug auch zum Nachdenken.

Aber als es dann so weit war, dass auch der Kleine in das Ganztagsgymnasium wechselte, saß ich nur noch in der Wohnung und starrte die Wände an. Ich musste mich richtig anstrengen. Bis mir etwas einfiel, was ich bis zur Rückkehr der Kinder erledigen könnte.

Der Kunstlehrer meiner Tochter war der entscheidende Anstoß. Wir waren uns beim alljährlichen Schulfest begegnet. Ich erzählte ihm, dass ich gelegentlich male. Landschaften. Blumen. Tiere. So etwas.

Er mochte mich. Wollte unbedingt meine Bilder sehen. Sagte, dass ich talentiert sei. Und er brachte mir viel bei. Perspektive. Farbkomposition. Lichteinfall.

Seither male ich regelmäßig. Nur so. Als Hobby. Aber nicht ohne Erfolg. Ich hatte ziemlich schnell meine erste Ausstellung. Schon bald gab es sogar so eine Art Atelier. In der Laube von Papas Garten. Erst wollte ich nicht so recht. Aber Papa meinte, ich hätte so viel für ihn getan und mir deshalb die Laube redlich verdient.

Georg spottete nur über meine künstlerischen Versuche. Er hätte mir nie das Geld zur Verfügung gestellt, das man braucht, um ein solches Atelier zu mieten.

Das Licht war Spitze. Papa hatte extra eine Wand halb herausreißen und ein riesiges Fenster einbauen lassen. Mit weitem Blick über eine Wiese bis zum dichten Eichenwald. Das Beste war: Ich konnte alles stehen und liegen lassen, wenn ich keine Lust mehr hatte.

Er sagte, dass er die Laube schon Ewigkeiten nicht mehr benutze. Aber das konnte nicht stimmen. Dazu war alles viel zu sauber und aufgeräumt, als ich mein neues Reich zum ersten Mal betrat. Wenige Wochen später kam ich dahinter. Wozu Papa die Laube benutzte. Ich wunderte mich schon, dass ich meinen Schlüssel brauchte, als ich noch einmal zurückkam, weil ich beim Weggehen meinen Schirm vergessen hatte. Ich war mir sicher, die Tür nicht abgeschlossen zu haben.

Du lieber Himmel war das peinlich! Peinlicher geht es wirklich nicht! Die Fensterläden waren geschlossen. Der Raum wurde nur von Kerzen erleuchtet, die überall herumstanden. Papa saß mit heruntergelassener Hose im Sessel und starrte auf sein Notebook, das auf meiner Staffelei befestigt war! Er sah sich einen Film an. Er und Maria. In voller Aktion. Im Bett.

Ich sah mich bei nächster Gelegenheit in seinem Schlafzimmer um. Eine in der Schranktür verborgene Webcam. Direkt auf das Bett ausgerichtet. Da taten sich Abgründe auf! Es machte ihm offensichtlich Spaß, Maria und sich bei Sex zu filmen, um es sich hinterher auf seinem Notebook anschauen zu können!

Also mich brächte kein Mann der Welt dazu, bei so einer Art von Sex mitzumachen!

Erst war er ein paar Sekunden vollkommen erstarrt. Dann brüllte er wie ein Verrückter, dass ich verschwinden solle. Ich zog so schnell ich konnte die Laubentür wieder hinter mir zu. Wir redeten nie wieder auch nur ein einziges Wort über diesen Vorfall.

Wenn ich heute nur daran denke, wird mir schon schlecht, Mama! Es dauerte eine ganze Weile, bis ich die Laube betreten konnte, um zu malen.

Dass Maria wusste, was Papa in der Laube trieb, glaube ich nicht. Denn sie kam immer wieder einmal mit einer Tasse Kaffee zu mir in mein Atelier. Ich denke nicht, dass sie das so unbefangen hätte tun können. Wenn sie sein Geheimnis gekannt hätte.

Es stimmt schon: Die Zeit heilt alle Wunden. Nach einigen Monaten ließ Papa sich wieder gelegentlich bei mir blicken. Zuerst nur wie zufällig. Aber schließlich wurden seine Besuche länger. Er wanderte zwischen den Bildern herum. Blieb hier stehen. Schaute sich da etwas genauer an. Er sagte nie viel. Aber ich spürte, dass ihm meine Bilder gefielen. Und dass er stolz auf mich war. Es war eine schöne Zeit.

Jetzt ist das natürlich vorbei. Das mit dem Atelier. Wie sollte ich weiter malen können in der Laube meines Vaters? Nachdem ich ihn umgebracht habe?

FÜNFUNDZWANZIG

Christiane

Was wohl aus ihm geworden ist? Ich meine Karlheinz, den Vater von Birgits Kind. Ich habe ihn nie wieder gesehen. Birgit auch nicht, soweit ich das mitbekam. Da gab es wohl einen Riesenkrach.

Simone erzählte mir, was sie von Birgit erfahren hatte. Karlheinz war außer sich, als er erfuhr, dass sein Kind abgetrieben worden war, ohne dass er vorher davon auch nur unterrichtet worden wäre.

Simone meinte zudem, dass Bernhard alles andere als unglücklich über das Zerwürfnis zwischen Birgit und Karlheinz war.

Wie auch immer: Nachdem Karlheinz verschwunden war, konnte ich mich zunächst wieder voll und ganz auf mein Abitur und dann auf den Beginn meines Studiums konzentrieren. Nach dem ersten Semester fuhr ich am Wochenende nur noch ganz selten nach Hause. Warum hätte ich es auch tun sollen? Bernhard hatte noch nie gesteigerten Wert auf meine Gesellschaft gelegt, Birgit trieb sich schon irgendwo in der Weltgeschichte herum und mit Simone war nach dem schrecklichen Unfall - verständlicherweise - auch nichts anzufangen. Und als Maria dann eingezogen war, kam ich mir noch überflüssiger vor, obwohl sie eigentlich offener und freundlicher zu mir war als Bernhard.

Erst ganz am Schluss meiner Ausbildung. Da hätte ich fast ein ganzes Semester verloren. Weil ich jedes Wochenende heimfuhr.

Manchmal sogar schon am Mittwoch. Nicht zum Ausruhen. Im Gegenteil. An diesen Wochenenden lernte ich an jedem einzelnen Tag unglaublich viel. Nur, dass es vollkommen andere Dinge waren als der Stoff der universitären Lehrveranstaltungen. Vorher sah ich die Welt ausschließlich aus der Sicht einer bürgerlichen Handwerkertochter. Beide Eltern gut-katholische, wertkonservative CDU-Wähler. Es gab Gut und Böse, klar voneinander abgrenzbar. Wer angenehm leben wollte, musste und konnte das durch eigenen Fleiß und eigene Anstrengung erreichen. Diejenigen, die Sozialleistungen in Anspruch nehmen mussten, hatten in aller Regel selbst Schuld daran. Wer Kritik an Staat oder Gesellschaft üben wollte, musste erst einmal nachweisen, dass er kein Drückeberger war. Wenn wir ruhig und in Frieden leben konnten, verdankten wir das allein der NATO und der Bundeswehr, die dafür sorgten, dass das aggressive Russland in die Schranken gewiesen werden konnte.

Das waren so in etwa einige meiner Ansichten, als ich Lars zum ersten Mal begegnete. Er stand in der überraschend warmen Herbstsonne am Straßenrand, hielt den Daumen in die Luft und wartete darauf, dass ihn jemand mitnahm. Normalerweise lasse ich keinen Anhalter so mir nichts dir nichts in mein Auto steigen. Aber Lars sah schon auf den ersten Blick richtig sympathisch aus. Wenn auch in einer Weise angezogen war, die nun definitiv nicht meinem Geschmack entsprach. Sein T-Shirt war mindestens fünfhundert Mal gewaschen worden. Die Jeans dafür seit mindestens einem Jahr nicht mehr. Die Umhängetasche über und über mit Buttons zugepflastert. Vor allem gegen Atomkraft.

Aber er stand nicht wie jemand an der Straße, der darum bettelt, mitgenommen zu werden, sondern er strahlte Sicherheit aus. Eine Sicherheit, die jeder Person, die sich entschloss, ihn einsteigen zu lassen, eine angenehme Gesellschaft für die Dauer der gemeinsamen Fahrt versprach.

Wir unterhielten uns vom ersten Augenblick an angeregt. Zuerst darüber, was wir beide so machen. Ich erzählte von meinem Studium und er sprach mit echter Begeisterung darüber, wie wohl er sich bei seiner Tätigkeit als Fernfahrer fühlte, nachdem er ein Soziologiestudium abgebrochen hatte.

Dann kamen wir irgendwie auf die Wiedervereinigung zu sprechen. Er vertrat die Ansicht, dass mit der - wie er sich ausdrückte - hirnlosen Übernahme bundesrepublikanischer Verhältnisse eine Riesenchance für einen alternativen Gesellschaftsentwurf vertan worden sei. Ich fragte ihn - zugegebenermaßen nicht ohne Spott in der Stimme - wie so eine Gesellschaft seiner Meinung denn aussehen sollte. Zu meiner Überraschung breitete er ein - soweit von mir beurteilbar - schlüssiges Konzept aus. Darin fanden sich die Beziehungen zur - wie ich mich seitdem bemühe zu sagen - *so genannten* Dritten Welt ebenso wieder wie das Erfordernis einer nachhaltigen landwirtschaftlichen Produktion. Und nicht zuletzt beinhaltete es auch eine Einstellung zur Mobilität, die sich nahtlos in ein Energiewirtschaftskonzept einfügt, das sich im Wesentlichen an der Nutzung regenerativer Quellen orientiert.

Ich war vollkommen baff! So hatte ich die Dinge noch nie gesehen. Auch wenn ich die wenigsten seiner Thesen unterschrieben hätte, musste ich zugestehen, dass meine bisherige Weltsicht ziemlich unreflektiert gewesen war.

Die Fahrtzeit verging wie im Flug. Ich brachte Lars bis vor die Haustür, wo er mich einlud, auf eine Tasse Kaffee mit hochzukommen. Kaum standen wir in der Wohnung, stürmte eine junge Frau auf Lars zu, presste ihn in ihre Arme und drückte ihm einen innigen Kuss auf die Lippen. Dorrit - so hieß die junge Dame - war wirklich nett, und so wurde es ein sehr amüsanter Nachmittag.

Vor allem auch deshalb, weil - kurz bevor ich eigentlich gehen wollte - Sven auftauchte. Er sah genau so gut aus wie sein jüngerer Bruder, sagte aber zunächst nur ‚Guten Tag' und setzte sich zu uns, ohne sich in irgendeiner Form an der weiteren Unterhaltung zu beteiligen. Erst, als Lars eine Behauptung aufstellte, die Sven überhaupt nicht akzeptieren konnte, brach er sein Schweigen und protestierte. Lars verteidigte seinen Standpunkt, und es entspann sich eine außerordentlich interessante Debatte zwischen den beiden. Dabei wurde auch klar, warum Sven bislang geschwiegen hatte. Er stotterte entsetzlich. Es dauerte wirklich sehr lange, bis er seine Sätze vollendet hatte. Aber *was* er sagte, hatte Hand und Fuß!

Wenn Lars mich schon mit seiner Intelligenz beeindruckt hatte, wurde er von seinem Bruder noch übertroffen. Es war wirklich erstaunlich, wie belesen Sven war. Dabei hatte dieser Bursche die ganzen Bücher nicht nur gelesen. Er hatte sie auch so gut verstanden, dass er ihren Inhalt jedem in ganz einfachen Worten erklären konnte. Und das, obwohl Sven - wie ich später erfuhr - als Teilzeit-Hilfsarbeiter auf dem Bau beschäftigt war. Was ihn zudem ganz besonders sympathisch machte, war, dass ihm der manchmal leicht belehrende Tonfall, in den Lars immer wieder einmal verfiel, vollkommen fehlte. Und auch die kraftstrotzende Selbstsicherheit, mit der Lars auftrat, war bei seinem Bruder nicht zu entdecken.

Ich verstand mich vom ersten Moment an blendend mit Sven und blieb wesentlich länger, als ich eigentlich beabsichtigt hatte. Sven gab mir die Hand, und ohne auch nur den Bruchteil einer Sekunde darüber nachgedacht zu haben, sprudelte es zu meinem eigenen Erstaunen aus mir heraus, ob wir so einen netten Kaffeenachmittag nicht in der nächsten Zeit einmal wiederholen könnten. Bevor der sichtlich verdutzte Lars antworten konnte, reagierte Sven. Er hatte zwar noch mehr Mühe als bisher, die Worte hervorzupressen, ließ aber keinen Zweifel daran, dass er sich auf einen weiteren Besuch von mir sehr freuen würde.

Wie gesagt: Ich kam dann regelmäßig - zumindest zum Übernachten - nach Hause. Die Abende verbrachte ich zum größten Teil mit Sven. Mit der Zeit gelang es ihm immer besser, selbst längere Sätze einigermaßen flüssig herauszubringen. Mich störte sein Stottern überhaupt nicht. Ich wusste nur zu gut, wie es ist, mit einer Behinderung zu leben. Schon nach kurzer Zeit diskutierten wir richtig. Mein CDU-Weltbild prallte auf seine linken Theorien. Er vertrat seine Positionen mit Nachdruck, vermittelte mir aber nie das Gefühl, dass meine Ansichten hinterwäldlerisch oder dumm seien. Wir gingen zusammen auf politischen Veranstaltungen, zu Theatervorstellungen und ins Kino. Es waren herrliche Wochen! Ich entdeckte eine neue Welt! Und ich verliebte mich in ihn. Zuerst dachte ich, dass auch Sven sich ein klein wenig in mich verliebt hatte. Ich ertappte mich dabei, wie ich vor einem Geschäft für Damenoberbekleidung stehen blieb, in dessen Schaufenster ein Brautkleid ausgestellt war.

Aber dann war Sven vom einen auf den anderen Tag wie von Erdboden verschluckt. Zumindest für mich. Er rief mich nicht mehr an. Wenn ich seine Nummer wählte, ging niemand ran. Oder Lars raunzte mich an, Sven sei nicht da und legte sofort wieder auf. Ich schrieb Briefe, die allesamt unbeantwortet blieben.

Es dauerte sehr lange, bis ich Sven vergessen hatte. Erst viele Jahre später traf ich ihn zufällig wieder. Und da hat er mir alles erklärt. Aber da war es dann zu spät.

SECHSUNDZWANZIG

Birgit

So hat meine Ausbildung zum Radio- und Fernsehelektroniker doch noch ihr Gutes.

Wenn auch nicht für Papa.

Es ist irre. Er hat mich dazu gezwungen, das zu lernen, was ihn jetzt umbringen wird.

Er hätte mich nicht zwingen sollen.

Nicht zu der Lehre und vor allem nicht zur Abtreibung.

Ich hab' es zuerst Mama erzählt. Dass ich schwanger bin. Sie hat die Hände über dem Kopf zusammengeschlagen. Wie ich mir das vorstelle. Was die Nachbarn sagen werden. Solchen Müll eben. Aber es hat nur ein paar Stunden gedauert, bis sie damit klarkam, Oma zu werden. Mein Alter, das von Kalle und das Horrorbild der ledigen Mutter: All das geriet immer mehr in den Hintergrund. Wichtig wurden praktische Fragen. Wer kümmert sich um das Kind, wenn ich in der Schule bin? Wie bekomme ich mein Abitur gebacken? Wann wird geheiratet?

Am Abend dieses Tages sind Mama und ich richtig verschworene Freundinnen gewesen. Wir haben uns gemeinsam überlegt, wie wir es Papa beibringen sollen. Ich hab' mich für den direkten Weg entschieden. Er ist gerade aus der Backstube gekommen und hat sich an den Küchentisch gesetzt, um eine Tasse Tee zu trinken. Ich hab' mich dazu gesetzt und ihm ohne Umschweife gesagt, was Sache ist. Erst hat er gedacht, ich will ihn veräppeln. Als klar war, dass ich keine Scherze mit ihm treiben will, ist er ohne einen Ton zu sagen aufgestanden und in sein Büro marschiert. Nach einer halben Stunde war er wieder da. Er wedelte mit einem Blatt herum, auf dem er meinem Lehrern mitteilte, dass ich erkrankt bin und während der nächsten Woche nicht am Unterricht teilnehmen kann. Außerdem hatte Papa bereits alles zusammengepackt, was man für eine mehrtägige Schwarzwald-Wanderung benötigt. Noch am selben Nachmittag saßen wir im Auto. Ein cleverer Schachzug. Zum einen wusste er genau, dass ich auf Lagerfeuer und Übernachten unter freiem Himmel total abfahre. Und zum anderen hat er mir so jede Möglichkeit abgeschnitten, mich mit irgendjemandem zu besprechen oder mich beraten zu lassen. Zum Beispiel von pro familia. Oder von was weiß ich wem. Aber so bin ich überhaupt nicht mehr zum Atemholen gekommen. Kaum hatte ich mich im Auto angeschnallt, ging's los. Er hat in einer Tour auf mich eingeredet und fast bis zur Rückfahrt nicht mehr aufgehört.

Wie ich mir das vorstelle. Ob ich mir meine gesamte Zukunft ruinieren will. Ob ich Kalle wirklich so gut kenne, um ihn für den Rest meines Lebens auf dem Sofa sitzen zu haben.

Er hat ja recht gehabt. Rational betrachtet. Es war ja auch nicht so, dass ich über diese Fragen nicht selbst schon wie eine Verrückte nachgegrübelt hätte. Vom ersten Moment an haben genau diese Dinge in meinem Kopf herumgespukt. Hin und her hab' ich überlegt. Die ganze Zeit.

Aber ich wollte das Kind. Trotz allem.

Als ihm das klar geworden ist, hat Papa seine Strategie gewechselt. Ich hab' immer davon geträumt, Schauspielerin zu werden.

Nicht erst, seit ich in meiner Theatergruppe die Hauptrollen bekommen hab'. Aber Papa war dagegen. Nicht grundsätzlich. Hat er zumindest immer behauptet. Aber er hat darauf bestanden, dass ich mich erst bei einer Schauspielschule anmelden darf, wenn ich einen soliden Beruf erlernt habe. Auf den ich dann zurückgreifen kann, wenn das mit der Schauspielerei nicht hinhaut.

Und jetzt auf einmal war er damit einverstanden, dass ich sofort nach dem Abitur nach München oder Berlin ziehe. Und er hat mir plastisch geschildert, was es heißen würde, als angehende Schauspielerin auf einen Säugling aufpassen zu müssen. ‚Wie willst du Probentermine einhalten? Soll das Kind alle zwei Jahre in eine andere Stadt umziehen? Wie soll das werden, wenn das Kind in die Schule kommt? Was ist, wenn du ein Angebot für einen Film bekommst, der in Thailand oder auf den Osterinseln gedreht wird?'

Er hat auch in dieser Hinsicht recht gehabt. Es würde mit Kind noch viel, viel schwerer werden als ohnehin schon.

Aber ich gab meinen Widerstand gegen die Abtreibung immer noch nicht auf. Irgendwie würde sich alles finden. Natürlich war das reichlich naiv gedacht. Aber ich hoffte einfach, dass es zu schaffen wäre.

Am Tag vor der Rückreise ließ er mich auf einmal vollkommen in Ruhe. Aber am nächsten Morgen. Noch vor dem Frühstück. Da fuhr er schwerstes Geschütz auf. Total übel, im Nachhinein betrachtet. Aber extrem wirkungsvoll.

Mama.

Zumindest bis zu meinem Schulabschluss würde es doch an ihr hängen bleiben, sich um das Kind zu kümmern. Sie würde es niemals zulassen, dass ihr Enkel von fremden Leuten aufgezogen wird. Das wäre uns beiden doch wohl klar. Und Kalle war selbst von seiner Oma groß gezogen worden. Wer sein Vater war, wusste kein Mensch. Seine Mutter starb, als er drei war. Also würde letztlich Mama die Dumme sein.

Papa holte tief Luft und setzte eine extrem bedeutungsschwangere Miene auf. Und dann ging's los.

Er:

Eigentlich wollte ich es dir nicht sagen. Ich darf es dir gar nicht sagen. Mama hat es mir ausdrücklich verboten, mit euch darüber zu reden. Aber jetzt geht es eben nicht mehr anders. Jetzt muss ich heraus mit der Sprache.

Ich (schon leicht erschrocken):

Was ist los?

Er (sich jedes Wort abringend):

Du hast ja mitbekommen, dass Mama vor ein paar Wochen für einige Tage im Krankenhaus gewesen ist. Wegen Nierenproblemen. Und es hat sich leider herausgestellt, dass … in Wirklichkeit … Unterleibsprobleme … dahinter stecken.

Ich (bleich):

Du meinst, Mama hat … Krebs?

Er hat nichts mehr gesagt. Keinen Ton. Er hat nur den Kopf gesenkt. Ich hab' gedacht, dass er seine Tränen vor mir verbergen will.

Nachdem er sich wieder gefasst hatte, ging es weiter.

Er:

Du weißt doch, wie Mama ist. Sie wird alles herunterspielen. Wie immer. Sie wird darauf bestehen, dass du die Schule weitermachst. Und sich währenddessen hingebungsvoll um das Kleine kümmern. Auch wenn es weit über ihre Kräfte hinausgeht. Solange, bis sie selbst endgültig am Ende ist.

Wieder senkte er den Kopf.

So hat er mich weich gekriegt.

Wir sind dann gar nicht mehr nach Hause, sondern direkt in die Klinik gefahren, die er schon vorher ausgesucht hatte.

Nachdem ich dann aus Indien zurück war, ließ ich Christiane gegenüber einmal nebenbei fallen, dass Mama durch den schrecklichen Unfall zumindest die Leiden ihrer Krebserkrankung erspart geblieben sind. Christiane war ziemlich perplex, weil sie nie etwas von einer Krebserkrankung gehört hatte. Sie fragte bei Dr. Wegener nach. So von Ärztin zu Arzt. Es stellte sich heraus, dass es bei Mama völlig harmlose Myome gewesen waren, die auf die Harnleiter gedrückt und so die Nierenprobleme verursacht hatten. Die Myome sind im Krankenhaus herausoperiert worden. Folgeprobleme waren Dr. Wegener nicht bekannt. Genauso wenig wie irgendeine sonstige Krebserkrankung.

Ja, Lizzy, Papas Auftritt damals war wirklich oscarverdächtig. Jetzt weiß ich wenigstens, von wem ich meine schauspielerische Begabung geerbt hab'.

SIEBENUNDZWANZIG

Christiane

Als ich die Teilnehmerliste für einen Ärztekongress erhielt, auf dem ich einen Fachvortrag halten sollte, entdeckte ich seinen Namen erst beim zweiten Lesen. Ich holte tief Luft. Aber es gelang mir, meine Erregung zu beherrschen. Das konnte doch unmöglich *der* Sven Schneider sein. Sven Schneiders gab es mit Sicherheit wie Sand am Meer. Außerdem arbeitete der Sven, den ich gekannt hatte, auf dem Bau als Maurergehilfe. Was um alles in der Welt hätte er auf einem Ärztekongress verloren gehabt? Trotzdem musterte ich bei der Eröffnungsveranstaltung sämtliche Männer so unauffällig wie möglich. Hinter mir, in der fünften Reihe entdeckte ich ihn dann. Das immer noch lange Haar und die markante Nase erlaubten keinen Zweifel. Ich ließ die unvermeidlichen Grußworte und den sich anschließenden Vortrag über mich ergehen und gestattete mir nur ganz selten einen Blick nach hinten. Bei einem dieser Blicke drehte ich mich zu spät wieder weg. Unsere Augen trafen sich. Er erkannte mich sofort wieder, stand auf, ging mit sicheren Schritten in Richtung Ausgang und forderte mich mit einer knappen Geste auf, ihm zu folgen. Mir schlotterten die Knie, sodass ich dankbar war, als ich mich an einem der Bistrotische der Cafeteria niederlassen konnte.

Ich kann mich an jedes Detail erinnern. Daran, wie die Tische und Stühle aussahen. Daran, was wir anhatten. Dass wir beide eine Tasse Kaffe bestellten. Dass wir ihn beide kalt werden ließen. Und an jedes einzelne Wort von Sven.

„Bist du es wirklich?", frage ich nach gefühlten zehn Minuten, um das peinlich werdende Schweigen zu beenden.

„Du weißt, dass ich es bin", war alles, was Sven erwidert.

Ich sehe in sein Gesicht. Er mustert ausgiebig seine Tasse.

Es dauerte eine ganze Weile, bis ich mir zutraue, eine wenigstens einigermaßen gefühlsneutrale Tonlage zu treffen.

„Was um alles in der Welt hat *dich* denn auf diesen Kongress verschlagen?"

Erst nach mehreren Sekunden hebt er seinen Kopf und sieht mich an.

„Ich hatte irgendwann die Schnauze voll, ständig immer nur der Depp von der Baustelle zu sein. Ich ging aufs Abendgymnasium, machte das Abitur nach und begann mit einem Medizinstudium."

Seine Augen verdunkeln sich, bevor er sich wieder seiner Tasse zuwendet. Mir fällt sofort auf, dass er sein früheres Stottern offensichtlich restlos überwunden hat. Ich bemühe mich krampfhaft um unbekümmerte Fröhlichkeit.

„Wie schön, dass du auch Arzt geworden bist!"

Etwas noch Dämlicheres fällt mir nicht ein! Er blickt mir nur ganz kurz in die Augen, um sich sofort wieder auf seine Tasse zu konzentrieren. Wieder tritt Stille ein. Dann bricht es plötzlich und völlig überraschend aus ihm heraus.

„Hast du ... oder muss ich dich jetzt mit Frau Professor anreden und Sie zu dir sagen?"

„Was soll der Unsinn?!"

„Unsinn? Oh nein, meine Liebe! Das ist alles andere als Unsinn!"

Ich blicke ihn fassungslos an und sehe, dass seine Halsader vortritt.

Svens Stimme schwillt an. „Tu' doch nicht so überrascht! Du weißt ganz genau, was ich meine!"

„Ich habe nicht die geringste Ahnung!"

„Und was ist mit dem Brief? Den du mir geschrieben hast? Kannst du dich daran etwa nicht mehr erinnern?"

Ich weiß nichts von einem Brief. Ich kann mich absolut nicht erinnern, ihm je einen Brief geschrieben zu haben. Sein Kopf wird puterrot.

„Ich wäre schon sehr nett! Wirklich! Und wir hätten sicherlich interessante Abende miteinander verbracht. Aber ich solle mir nicht einbilden ... nein, du hast es natürlich vornehmer formuliert, aber der Sinn war derselbe. Ich solle mir bloß nicht einbilden, dass daraus etwas Ernsteres werden könne. Dazu seien ... ich zitiere wörtlich: die *Ausgangsbedingungen* zu unterschiedlich!"

Er verstummt. Aber nur kurz.

„Jetzt wären die *Ausgangsbedingungen* vielleicht nicht mehr zu unterschiedlich. Oder auch nicht. Immerhin bin ich nur ein einfacher Landarzt und du die Chefin einer ganzen Klinik!"

Wieder tritt eine Pause von einigen Sekunden ein.

„Ganz besonders nett war auch die Stelle, an der du geschrieben hast, wir könnten ja Freunde bleiben! Wie hast du dir das vorgestellt? Gelegentlich eine schnelle Nummer im Verborgenen? Damit nur niemand sieht, mit wem Frau Professor ins Bett steigt. Ich nehme nicht an, dass du dich ernsthaft darüber gewundert hast, nie eine Antwort auf deine späteren Kontaktversuche bekommen zu haben!"

„Jetzt halt aber mal die Luft an! Bist du eigentlich total bescheuert? Ich habe dir nie im Leben auch nur eine einzige Zeile geschrieben!"

„So? Hast du nicht? Und wie kommt es dann, dass in dem Brief, den ich bekommen habe, Passagen auftauchen, die außer dir niemand geschrieben haben könnte? Ganz einfach deshalb, weil zum Beispiel niemand anderes gewusst haben kann, dass ich damals gestottert habe wie ein Bekloppter?"

„Das dürften mit Sicherheit außer mir jede Menge Leute gewusst haben."

„Aber dass du und ich zusammen auf die Burgruine gestiegen sind, um uns den Sonnenuntergang anzusehen? Und dass du mein Fußgelenk verbunden hast, das ich mir auf dem Rückweg verknackst hatte? Und dass du mir hinterher noch Äpfel vom Baum gestohlen hast? Und wie sehr dir das alles gefallen hat? Aber dass du trotzdem leider keine Perspektive_für uns beide siehst? Dürften das auch *mit Sicherheit noch jede Menge anderer Leute* gewusst haben?"

In Sekundenbruchteilen realisiere ich: Er hat recht. Das konnte sonst niemand wissen. Ich denke fieberhaft nach. Außer mir konnte das allenfalls noch Simone mitbekommen haben. Ich hatte es ihr im Überschwang meiner Gefühle erzählt. Aber sie hätte niemals einen solchen Brief geschrieben. Warum sollte sie? Es gab nur eine einzige plausible Möglichkeit. Sie muss es irgendwann an Bernhard weitergegeben haben. So richtig vorstellen konnte ich mir das zwar nicht. Das mit Sven war ja zu einer Zeit, als Maria schon bei Bernhard eingezogen war. Und in dieser Phase redeten Simone und Bernhard nicht besonders viel miteinander. Wie auch immer: Eine andere Möglichkeit gibt es einfach nicht!

„Hey, hörst du mir überhaupt noch zu?"

Sven fuchtelt mit seiner rechten Hand vor meinem Gesicht herum. Als er sicher ist, dass er meine volle Aufmerksamkeit wieder besitzt, fährt er mit einer Stimme fort, in der sich Enttäuschung und Resignation mischen.

„Ich bin eigentlich nur auf den Kongress gekommen, um dir das alles zu sagen. Nachdem ich deinen Namen auf der Ausschreibung gelesen hatte."

Er steht auf, lässt mich grußlos sitzen und strebt ohne sich noch einmal umzudrehen zügig auf die Tür der Cafeteria zu.

In diesem Augenblick fasste ich den Entschluss, Bernhard Stamm zu töten.

ACHTUNDZWANZIG

Birgit

Der Eingriff selbst war harmlos. Ich konnte die Klinik schon am selben Tag wieder verlassen. Drei Wochen später saß ich wieder auf der Schulbank, diskutierte Kurven und schrieb Wörterarbeiten, als ob nichts gewesen wäre.

Dann kam, was kommen musste. Ich konnte mich nicht mehr konzentrieren. Mir war mein Abitur vollkommen egal. Ich hatte keine Lust mehr. Auf gar nichts.

Dazu kam, dass Kalle die Fliege gemacht hatte. Okay. Kann ich verstehen. Es war ja auch sein Kind. Ich hätte nicht sofort in die Klinik fahren dürfen. Ich hätte vorher mit ihm reden müssen.

Er hat mich zuerst angesehen, als ob ich zwei Köpfe hätte. Gefühlte fünf Minuten lang. Dann hat er angefangen zu brüllen. Als er mir eine scheuern wollte, hat Papa ihn hinausgeworfen. Wir haben nie mehr wieder auch nur ein Wort miteinander gesprochen, Kalle und ich. Seine Oma hat mich einmal in der Stadt erwischt. Sie hat sich vor mir aufgebaut, ausgespuckt und ,Pfui Teufel!' geschrien. Vor allen Leuten. Ich hab' mich umgedreht und angefangen zu heulen. Sie hatte ja recht. Es war unverzeihlich, was ich getan hatte.

Das war, kurz bevor ich nach Asien abgehauen bin. Ich hab's einfach nicht mehr ausgehalten. Vor allem Papa nicht. Seine Fürsorge. Seine tröstenden Worte. Und das alles.

Das erste Mal, dass ich wieder so etwas wie Interesse an einem Mann gespürt hab', war erst Jahre später. Es hat nicht lange gehalten. Ich bin einfach noch nicht so weit gewesen. Genauso wenig wie bei den vier, fünf anderen danach. Erst mit Bernd wurde es anders. Obwohl es zunächst überhaupt nicht danach ausgesehen hat. Er war bei mir im Laden, um ein Weihnachtsgeschenk für seine Verlobte zu kaufen. Präsentabel, aber nicht zu teuer. Im neuen Jahr stand er wieder bei mir vor dem Tresen. Ob ich die Kette wieder zurücknehmen würde? Seine Verlobte und er hätten sich unter dem Tannenbaum nur gestritten. Zu Silvester hatte er ihren Verlobungsring schon wieder zurück bekommen.

Er gefiel mir. Aber ich hab' überhaupt keine Lust gehabt, die siehst-du-*ich*-hab'-schon-wieder-jemand-gefunden-Frau für seine Ex abzugeben. Deshalb hab' ich abgelehnt, als er mich ein paar Tage später anrief und mit mir ins Kino gehen wollte. Aber er blieb dran. Und schließlich sind wir tatsächlich zusammen ausgegangen. Irgendwann haben wir uns Wohnungen angesehen. Natürlich nur so zum Spaß. Erst in der Zeitung, dann richtig. Und bei der dritten Besichtigung ist es mir herausgerutscht.

Die ist nichts. Wenn jeder von uns einen Raum für sich will, wo soll dann das Kinderzimmer hin?

Der Satz war noch nicht ganz raus, als ich ihn erschrocken anblickte. Aber grinste nur breit. ‚Stimmt!', sagte er. ‚Die Wohnung kommt überhaupt nicht infrage. Die Kinder brauchen eigene Zimmer!'

Wir haben dann ziemlich schnell geheiratet. Meine restlichen Pillen sind in den Abfalleimer gewandert, und wir hatten Sex zu jeder Tages- und Nachtzeit. Erst vollkommen unbeschwert. Aber mit der Zeit ging das Rechnen los. Wann war die letzte Periode?

Wann wird der Eisprung sein? Wir konnten rechnen, soviel wir wollten. Ich wurde nicht schwanger. Jeden Monat dieselbe Enttäuschung, wenn ich wieder zu bluten anfing. Es war ein grauenvolles Jahr.

Einmal. Da blieb die Blutung aus. Wir waren schon total happy. Ich stand in der Apotheke mit dem gerade gekauften Schwangerschaftstest in der Hand, als ich spürte, wie das Blut mir wieder einmal an den Oberschenkeln entlang lief. Ohne dass Bernd das von mir verlangt hätte, ging ich zum Frauenarzt und ließ mich untersuchen. Er hat mich aufgeklärt. Das Risiko, sich bei einer Abtreibung, die in einer Klinik vorgenommen wird, eine Infektion zu holen, liegt etwa bei einem Prozent.

Mich hat es erwischt.

Es erwischt genau eine von 100 Frauen.

Mich.

Bei 99 passiert nichts. Gar nichts. Nur bei mir. Mein Eileiter verklebt. Und ich kann nie ein Kind bekommen.

Nie.

Bernd hat hoch und heilig versprochen, dass das keinerlei Auswirkungen auf unsere Beziehung hat.

Nach nicht einmal zwei Jahren waren wir geschieden. Nach drei hab' ich ihn in der Stadt getroffen. Er hat einen Kinderwagen geschoben.

Mit der Zeit wurde es besser. Ich hab' mir eingeredet, dass ein Leben ohne Kinder durchaus auch seine Vorteile hat. Es hat mir gut getan, wenn junge Mütter sich ohne jeden Erfolg abmühten, ihre vollkommen verzogenen Racker zur Raison zu bringen. Es war hilfreich, wenn andere Frauen missmutig erzählt haben, dass ihnen allmählich zuhause die Decke auf den Kopf fällt, weil sie wegen ihres Nachwuchses überhaupt nicht mehr unter die Leute kommen.

Dafür hab' ich mich bei jedem Mann, der häufiger als eine Nacht bei mir zu Besuch war, sofort erkundigt, ob er Kinder möchte. Wenn ja, war sofort Feierabend. Wenn nein, hat sich jedes Mal spätestens nach einem Monat herausgestellt, dass er seinen Spaß haben wollte und sonst gar nichts. So nach und nach verringerte sich mein Interesse an Männern mehr und mehr. Und ich hab' nicht mal das Gefühl, dass mir etwas Entscheidendes fehlt. Zumindest nicht mehr, seit ich mit Sabine zusammengezogen bin.

Nein, Lizzy, nicht was du denkst. Sie ist keine Lesbe und ich auch nicht.

Wir haben uns einfach prima verstanden. Vom ersten Moment an. Sie hat einen Vortrag über neue Trends auf dem Schmuckmarkt gehalten und wir sind ins Gespräch gekommen. Sie hat gerade in Scheidung gelebt und eine Wohnung gesucht. Bei ihr ist ein Zimmer frei gewesen. Es war eine unglaublich tolle Zeit mit Sabine. Was wir zusammen gelacht haben. Wir konnten über alles reden. Wir haben nächtelang über die seltsamsten Themen diskutiert. Wir konnten uns hundertprozentig aufeinander verlassen.

Kurz: Seit sehr langer Zeit war ich wieder richtig glücklich. Wenn mir danach war, hab' ich mir jemanden für eine Nacht angelacht. Und war froh, wenn er am anderen Morgen wieder verschwunden ist. Von mir aus hätte es ewig so weitergehen können.

Ist es aber nicht. Am ersten Advent ist Sabine zu mir ins Zimmer gekommen.

Sie:

Ich muss mit dir reden.

Ich:

Warum so feierlich? Was ist Sache?

Sie:

Ich ziehe aus.

Ich war total vor den Kopf gestoßen, Lizzy. Sie druckste rum. Schließlich kam es.

Sie:

Es war eine wunderschöne Zeit mit dir. Ich habe mich hier so wohl gefühlt wie selten in meinem Leben. Aber jetzt ist alles anders. Ich kann nicht länger hier bleiben. Ich gehe zurück zu meinem Mann.

Ich:

Warum denn *das*.

Sie:

Ich bekomme ein Kind.

Drei Tage später ist der Möbelwagen um die Ecke gebogen. Das war der Moment, in dem für mich klar gewesen ist, dass ich Papa umbringen werde.

NEUNUNDZWANZIG

Simone

Ich werde mir ein Atelier mieten. Mit dem Malen aufzuhören, kommt überhaupt nicht infrage. Auch wenn es nie mehr werden wird als ein Hobby. Nicht, dass ich es nicht versucht hätte. Die Bilder wie ein Profi auszustellen. Alle infrage kommenden Galeristen waren sehr höflich. Die Bilder seien interessant. Teilweise sogar originell. Aber leider, leider.

Nur einer war knallhart. ‚Nett‘, aber nichts besonders. Nichts, was sie von den Bildern 1000 anderer Hobbymaler unterscheidet‘.

Trotzdem: Ohne Malen würde mir etwas fehlen. Außerdem überlegte ich mir in letzter Zeit immer wieder einmal, ob ich mir nicht vielleicht doch eine Arbeit suchen soll. Einfach um rauszukommen. Unter Leute. Aber wer nimmt eine 50-jährige Berufsanfängerin? Und außerdem: Was hätte ich tun können? Ohne irgendeine abgeschlossene Ausbildung?

So sitze ich manchmal im Sessel und fange an zu träumen. Von Diplomatenpässen. Von Botschaftsempfängen. Von fremden Ländern.

Und dann stelle ich mich in die Küche. Überlege, was ich kochen soll. Und time alles so exakt wie möglich. Damit das Essen auf dem Tisch steht, wenn Georg die Haustür öffnet. Um Punkt sieben. Jeden gottverdammten Tag.

Vielleicht sollte ich Maria vorschlagen, zu uns zu ziehen. Wenn es ihr gesundheitlich wieder besser geht. Platz ist genug da. Und wir sind immer gut miteinander ausgekommen. Sie kann ja nichts dafür.

Ich bin selbst schuld. Warum musste ich bloß so neugierig sein?

Wir tranken richtig gemütlich Kaffee an seinem 75. Geburtstag. Meine Torte schmeckte ihm. Vorzüglich. Wie immer. Er war richtig guter Stimmung. Aber dann wurde er müde. Wollte sich hinlegen. Wir verabschiedeten uns voneinander. Ich hörte noch, wie er sich die Treppe zum Schlafzimmer hoch schleppte.

Wenn ich zu diesem Zeitpunkt sofort gegangen wäre, würde er jetzt noch leben. Aber ich musste ja unbedingt meiner Neugier nachgeben. Musste wissen, was Papa von den anderen beiden zum Geburtstag geschenkt bekommen hatte. Alles lag fein säuberlich und mit Blumen arrangiert auf der Anrichte im Esszimmer. Eine riesige Duftkerze von Birgit. Uninteressant.

Und ein Fotobuch von Christiane.

Jetzt hätte ich immer noch gehen können. Aber nein! Ich nahm das Ding in die Hand. Fing an zu blättern. Blieb bei einem Bild hängen, das sehr wahrscheinlich der Nachbarsjunge aufgenommen hatte, und auf dem wir drei zu sehen waren. Du, Mama, Papa und ich. Es muss gegen Ende des Frühlings aufgenommen worden sein. Man sah es an den Bäumen. Die Stammsche Familienkarosse abfahrbereit vor der Garage unter schon fast verblühten Kastanien. Du warst gerade erst eingestiegen, Mama. Die Autotür stand noch offen. Ich wollte schon weiterblättern, als mir ein kleines Detail des Bildes ins Auge stieß. Zwischen deinen Beinen hattest du den Käfig eingeklemmt. Den Käfig, in dem der Papagei saß. Du und ich, wir hatten ihn zusammen in der Zoohandlung gekauft. Für Tante Hedwig. Als Hochzeitsgeschenk. Papa war von Anfang an dagegen gewesen. Aber Tante Hedwig hatte sich nun einmal einen Papagei und nichts anderes gewünscht.

Ob es wirklich ein Papagei oder sonst irgendein exotisches Biest war, weiß ich nicht mehr. Aber ich kann mich noch sehr gut daran erinnern, dass dieser blöde Vogel mir fast die Kuppe des Zeigefingers abgehackt hat! Die Tage bis zu Tante Hedwigs Fest stand sein Käfig natürlich bei uns im Wohnzimmer. Als ich ihm ein Stückchen Apfel zustecken wollte, reagierte er zunächst überhaupt nicht. Ich wurde mutiger und hielt ihm das Apfelstück direkt unter die Augen. Wie aus dem Nichts schoss sein Schnabel auf meine Hand zu, und Blut tropfte auf den Käfigboden.

Und genau dieser Papagei. Der auf dem Bild. Das war unser Hochzeitsgeschenk für Tante Hedwig! Das Foto musste also an dem Tag aufgenommen worden sein, als wir nach Hamburg fahren wollten. Am Tag des Unfalls!

Seit Papas Geburtstag vergeht kein einziger Tag, ach was, vergeht kaum eine Stunde, ohne dass immer derselbe Film in meinem Kopf abläuft. Immer und immer wieder.

Ich stehe im Esszimmer. Starre auf das Bild. Das Fotobuch fällt mir aus den Händen. Ich beginne, zu zittern. Ich zwinge mich zur Ruhe. Hebe das Buch wieder auf. Schaue es mir minutenlang an. Du, Mama, auf dem Beifahrersitz. Wie immer. Ich, beide Beine quer über der Rückbank. Wie immer. Und, auch wie immer: Papa am Steuer!

Es dauert, bis mir die Konsequenzen wirklich klar sind. Dann stürme ich die Treppe hoch. Reiße die Tür auf. Schüttle Papa wie eine Besessene aus seinem Dösen. Halte ihm das Foto vor die Nase. Zwinge ihn hinzusehen.

Erst leugnet er.

Dann gibt er es zu.

Dass *er* damals gefahren ist. Dass *er* übersteuert hat.

Ich will ihn anschreien, aber ich bringe kein einziges Wort über die Lippen. Schließlich ist es der Anflug eines Lächelns, das mir die verschnürte Kehle löst. Eines überlegenen Lächelns, mit dem er fragt:

„Und jetzt?"

„Du wirst alles zugeben. Es allen sagen! Jedem Einzelnen! Jetzt sofort!"

Ich bin erstaunt, mit welcher Lautstärke ich meinen Vater auf einmal anbrüllen kann.

Das Lächeln bleibt trotzdem in seinem Gesicht.

„Ich werde zu niemandem auch nur ein Sterbenswörtchen sagen. Ich denke nicht einmal daran."

Nach einer kleinen Pause fährt er fort:

„Und du hältst besser auch den Mund. Wer würde dir denn glauben? Nach so vielen Jahren retrograder Amnesie."

Er kommt auf mich zu. Er entreißt mir das Fotobuch. Er kramt das Feuerzeug aus der Nachttischschublade. Dabei schiebt er eine Pistole zur Seite. Er reißt das Blatt mit dem Foto heraus. Er zündet es an.

Das ist der Moment, an dem ich nicht mehr anders kann. Ich schnappe mir die Pistole. Trete drei Schritte zurück. Und drücke ab.

ZWEITER TEIL

DREISSIG

Bernhard, 75

31. Dezember 2010, 18 Uhr 43. Krankenzimmer des psychiatrischen Landeskrankenhauses.

Du hast es gut, Maria. Liegst friedlich in deinem Bett in der Klinik. Schläfst tief und fest. Weil sie dich wieder mit Psychopharmaka vollgepumpt haben. Nach deinem letzten Anfall. Der Arzt meinte, es sei nicht anders gegangen.

Diesmal ist es besser so, glaube es mir. Auf die Art bekommst du nichts von all dem mit.

Davon, was sich an meinem Geburtstag abgespielt hat, meine ich. Und danach.

Sei froh!

Du hast ja überhaupt keine Ahnung, was ich durchgemacht habe in den letzten Tagen!

Ich kann tun, was ich will. Es geht beim besten Willen nicht in meinen Kopf! Ich begreife es einfach nicht!

Und egal, was ich auch versuche, um auf andere Gedanken zu kommen: Ich kann seit dem Heiligen Abend an nichts anderes mehr denken.

Trotzdem: Irgendwie muss ich damit klarkommen. Ich weiß es. Aber ich schaffe es nicht. Es geht einfach nicht.

Du musst dir das vorstellen, Maria: Ich habe drei Töchter. Und alle drei wollen mich umbringen!

Mich! Ihren eigenen Vater!

Aber keine hat es geschafft!

Weil sie sich alle total stümperhaft angestellt haben.

Vor allem Simone. Steht keine fünf Meter von mir entfernt. Und trifft nicht. Zumindest nicht richtig.

Trotzdem tue ich so, als ob ich tot wäre. Sonst hätte sie noch einmal geschossen. Da bin ich mir sicher. Und beim zweiten Mal hätte sie vielleicht besser gezielt.

Sie wirft die Pistole in eine Ecke und rennt aus dem Zimmer.

Lässt mich angeschossen liegen. Einfach so. Wie einen angefahrenen Rehbock am Straßenrand!

Der Kratzer am Arm tut kaum noch weh. Das ist leicht zu verschmerzen. Wenn nicht der Ausdruck in ihren Augen gewesen wäre. Unmittelbar, bevor sie abdrückte. Blanker Hass. Nach allem, was ich für sie getan habe! Und nicht nur für sie. Für die anderen beiden genauso.

Habe ich jemals ein Dankeschön gehört?

Nie! In all den Jahren nicht ein einziges Mal!

Um halb vier raus aus dem Bett. Tag für Tag. Backofen anheizen, Teig kneten, Brote, Brötchen, Seelen formen, rein in den Ofen, raus aus dem Ofen, das T-Shirt zum Auswringen nass. Die Kunden beliefern, im Laden aushelfen, Torten, Kuchen und Plunder backen. Nachmittags noch der ganze Bürokram. Oft bis acht, halb neun. Und dann ab in die Falle, damit es am nächsten Tag wieder von vorne anfangen kann. Den lieben Kleinen soll es schließlich an nichts fehlen!

Wen hat es denn je gekümmert, wie es *mir* geht? Wer hat sich je dafür interessiert, ob ich noch kann? Kein Schwein! Wer ist jemals auf die Idee gekommen sich zu überlegen, dass das alles überhaupt nicht selbstverständlich ist? Dass immer alle ein Dach über dem Kopf und mehr als genug zu essen haben? Dass immer Geld für Klamotten und allen möglichen Firlefanz da ist? Dass alle ins Gymnasium gehen durften?

Und was ist der Dank? Dass jede von ihnen ihren Vater umbringen will!

Simone, Christiane und Birgit.

Vor allem Birgit!

Meine kleine Birgit. Gerade von ihr hätte ich so etwas am allerwenigsten für möglich gehalten!

Und wie hinterhältig!

Aber nicht mit mir!

Glaubte wohl tatsächlich ernsthaft, ich falle auf ihre miesen Tricks rein. Aber da muss sie früher aufstehen! Viel früher! Sehr viel früher! Jubelt mir ein kaputtes Voltmeter unter und denkt, ich merke es nicht. Es sah ganz genauso aus wie mein Eigenes. Das stimmt. Da hat sie sich Mühe gegeben. Ich dachte wirklich zuerst, mein Eigenes in der Hand zu haben.

Aber sie hätte es wissen müssen. Bei ihrer Ausbildung hätte sie wissen müssen, dass ein Voltmeter, das funktioniert, bei der Überprüfung von Schaltungen niemals null anzeigt. Eine, wenn auch noch so kleine Restspannung ist immer vorhanden. Deshalb wurde ich sofort stutzig, als der Zeiger des Messgeräts keinen einzigen Mucks machte. Ich dachte, es hat einfach den Geist aufgegeben, und bin sofort in die Stadt gefahren, um ein Neues zu kaufen. Ich wollte ihr schließlich den Gefallen tun, das Gerät zu reparieren. Ich Idiot! Lasse alles stehen und liegen, hetze in die Stadt, damit der Verstärker nur ja rechtzeitig fertig wird. Und in Wirklichkeit ist alles, was ich tue, Teil eines ausgesprochen perfiden Plans. Das muss sie sich schon Tage vorher alles ganz genau überlegt haben. Wie sie mich möglichst schnell auf dem Friedhof bringt. Dort wäre ich nämlich mit Sicherheit gelandet, wenn ich wie vorgesehen mit der Reparatur angefangen hätte. Genau der Kondensator, den ich austauschen wollte, war von ihr bis zum Platzen aufgeladen. Wie mir das in der Stadt gekaufte Voltmeter deutlich genug anzeigte. Und der Kondensator war einer von denen, an die man nur herankommt, wenn man mit beiden Händen zupackt. Aber das alles kapierte ich erst ein paar Tage später. Als ich heute Morgen vor dem Beginn des neuen Jahres noch mein Bastelzimmer aufräumen wollte. Ganz hinten im Regal an der Wand zur Waschküche lag es. Mein eigenes Voltmeter. Es funktionierte perfekt. Ein Zweifel war nicht möglich. Die kleine Delle an der linken unteren Ecke. Als es mir vor Monaten runtergefallen war. Erst begriff ich gar nichts. Aber langsam dämmerte mir, wie alles einen Sinn ergeben könnte. Der aufgeladene Kondensator. Die Dringlichkeit, mit der er angeblich ausgetauscht werden musste. Mein intaktes Voltmeter, das versteckt war und bei Bedarf wieder hervorgeholt werden konnte.

Aber ich verwarf diese Gedankenspiele sofort wieder. Das war nicht möglich. Das konnte nicht sein. Nicht meine Birgit. Es war absurd. Trotzdem: Es ließ mir keine Ruhe. Ob ich wollte oder nicht: Ich grübelte ständig darüber nach. Ich konnte an nichts anderes mehr denken. Ich musste Klarheit haben und rief sie gegen Mittag an. Ihr blieb die Spucke weg, als ich mich meldete. Das merkte man selbst am Telefon. Aber sie fing sich erstaunlich schnell wieder. Wahrscheinlich dachte sie, ich hätte mir den Verstärker noch gar nicht vorgenommen. Es gelang mir offensichtlich, einen unverfänglichen Tonfall anzuschlagen, denn sie sagte sofort zu, als ich sie unter einem Vorwand bat herzukommen. Sie saß noch nicht richtig, als ich es ihr direkt auf den Kopf zu sagte. Nicht besonders laut, aber knallhart. Was ich herausgefunden hatte. Sie wurde weiß wie ein Leintuch, blieb jedoch regungslos in ihrem Sessel sitzen. Zu diesem Zeitpunkt wünschte ich mir, was heißt, wünschte, ich bettelte innerlich noch darum, dass sie mir sagt, meine ganzen Konstruktionen seien nichts anderes als reine Hirngespinste. Verrückte Fantastereien eines langsam senil werdenden alten Mannes, der Gespenster sieht. Dass sie mir für alles eine vollkommen harmlose Erklärung geben würde. Die vielleicht sogar in späteren Jahren als nette Anekdote taugte. Aber mit jeder Sekunde, die sie schwieg, wurde mir klarer, dass ich recht hatte. Dass es keine harmlose Erklärung gab. Dass alles ganz genau so war, wie ich es mir gedacht hatte. Ich brüllte. Ich tobte. Ich griff mir Birgit und schüttelte sie durch. Sie gab immer noch keinen Ton von sich. Ich weiß nicht, wie lange es dauerte, bis ich mich wenigstens wieder einigermaßen im Griff hatte. Eine Minute? Fünf? Eine Stunde? Ich weiß es nicht. Aber irgendwann merkte ich, dass ich schnaufte wie eine Dampflokomotive. Bestimmt hatte ich einen knallroten Kopf. Ich wollte mich zwingen, mich ihr gegenüber auf das Sofa zu setzten. Es ging nicht. Ich marschierte auf und ab wie ein Tiger im Käfig. Ganz allmählich beruhigte sich meine Atmung wieder. Ich tigerte trotzdem weiter, bis ich glaubte, etwas in normaler Lautstärke sagen zu können. Aber als ich den Mund öffnete, dröhnte ein Orkan heraus:

Warum?!

Birgit hatte sich zusammengerollt. Sie saß nicht mehr, sie kauerte. Stumm wie ein Fisch. Ich kann mich nicht erinnern, dass ich zu ihr hinüber gegangen bin. Aber ich weiß, dass sie auch dann noch keinen Ton von sich gab, als ich wie ein Berserker auf ihren Kopf und ihren Oberkörper einprügelte. Sie wehrte sich nicht. Überhaupt nicht. Sie saß nur da und schwieg.

Es war schon dunkel, als ich in der Lage war, meine Frage nach dem Warum mit etwas ruhigerer Stimme zu wiederholen. Auf einmal brach es aus ihr heraus. Ich hatte keine Ahnung, dass Birgit, meine kleine Birgit, ein solches Organ besaß. Sie schleuderte mir die Sätze entgegen.

Es war nichts als Schwachsinn.

Was konnte *ich* denn dafür, dass dieser Arzt damals gepfuscht hat? Oder ein Zivi. Die Putzfrau. Die Krankenschwester. Was weiß ich, wer den Erreger in die Klinik eingeschleppt hat!

Außerdem soll sie doch froh sein, dass sie keine Kinder hat. Dann versucht wenigstens niemand, sie an ihrem Geburtstag umzubringen!

Ich habe vielleicht ein wenig übertrieben. Mit Sarahs Krankheit. Das könnte unter Umständen sein. Aber Birgit wollte doch um keinen Preis der Welt Vernunft annehmen! Sie war stur wie ein Panzer. Da musste ich mir doch etwas einfallen lassen.

Es wäre einfach nicht gegangen. Dass sie das Kind bekommen hätte, meine ich. Sie war ja selbst noch eins. Und an wem wäre alles hängen geblieben? An Sarah und mir natürlich! Wir beide hatten schon drei Schreihälse großgezogen. Es war genug. Wir hatten absolut keine Lust auf ein Viertes.

Und dann dieser Karlheinz. Allein die Vorstellung, dass ausgerechnet *er* der Vater meines ersten Enkels sein sollte. Ausgeschlossen! Vollkommen undenkbar!

Ein Schönling. Wie er im Buche stand. Lange Haare. Strohblond. Über zwei Meter groß und Schultern wie ein Wandschrank. Man kennt diese Typen doch, Maria. Testosteron bis zum Abwinken, aber im Kopf so hohl wie ein Ofenrohr. Ist doch klar, dass der alles begattet, was nicht schnell genug auf den Bäumen ist! Wie meine kleine Birgit auf den reinfallen konnte, ist mir bis heute ein absolutes Rätsel. Sie hätte wer weiß wen kriegen können. Ärzte. Rechtsanwälte. Ingenieure. Bänker. Die hätten Schlange gestanden. Sie hätte die freie Auswahl gehabt!

Das war schon immer so. Kaum war sie halbwegs aus der Pubertät raus, ging's auch schon los. Meine Birgit hatte es raus. Das muss man ihr lassen. Nicht, dass sie sich angemalt hätte wie die anderen in ihrem Alter. Oder besondere Klamotten angezogen. Meine Birgit hatte so was gar nicht nötig. Wie oft habe ich sie beobachtet. Vom Fenster aus. Hinter der Gardine. Wie sie mit Jungs ankam. Händchen haltend. Dann der prüfende Blick über die Fenster. Und dann wurde geknutscht. Mehr nicht. Nie. Ich wäre sonst wie der Blitz unten gewesen! Es war richtig schön damals. Als sie noch ein Teenager war.

Birgit hätte jeden haben können.

Und dann lässt sie sich um nichts in der Welt davon abbringen, ein Kind von diesem ... diesem ... Sportler zu bekommen. Wenn er wenigstens Leichtathlet gewesen wäre. Oder Schwimmer. Aber ausgerechnet Basketball! Birgit wollte unbedingt ein Kind mit einem Basketballer!

Und sie verlangte auch noch, dass ich freundlich zu meinem Herrn Schwiegersohn in spe bin!

Aber das wäre das Letzte gewesen!

Wie er mit diesem siegessicheren, selbstverliebten Lächeln vor mir stand! Ich hätte es ihm aus der Visage prügeln können! Hätte nicht übel Lust gehabt, ihm derart eins auf die Fresse zu geben! Er war ja insgesamt nur zwei- oder dreimal in meinem Haus. Trotzdem: Ich musste mich so was von am Riemen reißen. Ich weiß nicht, was sonst passiert wäre.

Ich beruhigte mich jeden Tag damit, dass meine Birgit sehr schnell begreifen wird, was für eine Null der Typ war. Dass sie ihn schon sehr bald in die Wüste schicken wird. Aber nein. Im Gegenteil. Sie bekam schon glänzende Augen, wenn eine ihrer Schwestern nur seinen Namen erwähnte.

Ich konnte doch nicht zulassen, dass mein Kind in sein Unglück rennt. Meine kleine Birgit. Dass ihr Leben durch eine momentane Laune für alle Zeiten verpfuscht wird.

Ich *musste* doch verhindern, dass sie dieses Kind bekommt.

Es war eindeutig das Beste so. Für alle. Vor allem für meine kleine Birgit.

Das mit der Frau, die ihr weggelaufen ist, weil sie unbedingt Mutti spielen wollte, tut mir leid. Aber dafür kann ich nun wirklich gar nichts. Außerdem ist das doch nichts. Zwei Frauen. Gut. Nicht so schlimm wie zwei Männer. Da ist es nur ekelhaft!

Abscheulich!

Widerlich!

Es ist ... nein ... nicht ...

Birgit hätte ihr Abitur machen sollen. Studieren. Von mir aus sogar Schauspielerin werden. Und sich einen netten Mann suchen. Einen, der keine Kinder will oder schon welche hat. Mir ist sowieso bis heute schleierhaft, warum Birgit unbedingt Kinder wollte. Spätestens als sie gesehen hat, was aus Simones Nachwuchs wurde, hätte sie doch eigentlich kuriert sein müssen. Ich habe ganz genau gesehen, wie Birgit und Christiane immer entnervt die Augen verdrehten. Ich konnte sie verstehen. Vor allem an meinen Geburtstagen. Es war oft genug deutlich zu spüren, dass die beiden anderen nur deshalb nichts sagten, weil es sonst unweigerlich Krach gegeben hätte. Ganz offensichtlich gingen ihnen Simones Kinder ziemlich auf den Wecker.

Und dann dreht Birgit durch, weil sie selbst keine Kinder bekommen kann!

Ich verstehe es nicht! Ich verstehe meine eigene Tochter absolut nicht!

Wenn sie wenigstens ihre Ausbildung fertiggemacht hätte. Als Grundstein. Für ein späteres Ingenieurstudium.

Meine Güte! Was hat es mich Überredungskunst gekostet, ihr die Lehrstelle überhaupt zu verschaffen. Sie hatte ja nur mittlere Reife zu der Zeit. Niemand wollte eine Schulabbrecherin haben. Wenn ich nicht zugesagt hätte, zugunsten von ihrem späteren Ausbilder den Vorsitz im Handels- und Gewerbeverein aufzugeben, wäre gar nichts gegangen. Aber was tut man nicht alles für seine Kinder!

Und sie? Sie musste ja unbedingt alles hinwerfen und in der Weltgeschichte herumbummeln! Zu der Zeit, zu der ich sie am dringendsten gebraucht hätte - als Sarah gestorben war - trieb sich mein Fräulein Tochter irgendwo in Indien herum. Indien!

Weiß der Henker, welchem Guru sie da auf den Leim gekrochen ist! Man hört da ja allerlei. Und nichts Gutes.

Wenn sie sich dort irgendeine Krankheit eingefangen hätte, hätte sich kein Mensch gewundert. Aber in einer deutschen Klinik! Ich habe mich informiert. Höchstens eine Frau von 100 trifft es. Warum musste das ausgerechnet meine Birgit sein? Es war Pech. Meine Birgit hat einfach riesiges Pech gehabt. Niemand hatte Schuld. Niemand. Ich auch nicht. Ich schon gar nicht. Das hätte sie doch einsehen müssen! Ich konnte doch wirklich nichts dafür!

Genauso wenig wie bei Christiane.

Der Frau Professor.

Die Stamm heißt, obwohl sie keinerlei Recht dazu hat. Sie ist nicht meine Tochter.

Außer Simone weiß das niemand. Und außer Sarah natürlich.

Wie konnte meine eigene Frau mir das antun? Wie konnte sie nur?

Als wir uns kennenlernten, war sie gerade frischgebackene Kinderkrankenschwester. Ich hatte schon ein Jahr vorher meinen Meister bestanden. War gerade dabei, mich selbstständig zu machen. Eine eigene Bäckerei einzurichten. Für mich war es keine Frage. Ich wollte sofort heiraten. Und ich wollte Kinder. Zwei bis drei mindestens. Als Simone dann ankam, war ich überglücklich.

Sarah hörte dann zwar sofort auf, zu arbeiten. Um genügend Zeit für das Baby zu haben. Aber sie hatte heimlich einen Plan. Wieder zurück in den Beruf zu gehen. Sobald Simone alt genug für den Kindergarten war. Ich war kategorisch dagegen, als Sarah an Simones drittem Geburtstag die Katze endlich aus dem Sack ließ. *Ich* war der Mann. Und *ich* würde die Familie ernähren. Am Anfang machte ich mich nur hin und wieder lustig über berufstätige Mütter. Später folgten boshaftere Sticheleien. Und daraus entwickelten sich mit der Zeit veritable Kräche. Als Simone mit dreieinhalb in den Kindergarten kam, war ich kurz davor, mich scheiden zu lassen. Aber dann wurde Sarah zum zweiten Mal schwanger. Ich bekam auf einmal alles, was ich mir immer gewünscht hatte. Ein zweites Kind. Und eine Hausfrau. Die zuhause blieb, während ich das Geld verdiente. Und Christiane tat nach Kräften, was alle weiblichen Babys tun. Sie brachte mich mit einem einfachen Lächeln zum Dahinschmelzen. Von Scheidung war natürlich überhaupt keine Rede mehr. Im Gegenteil. Alles lief prächtig.

Bis Christiane vom Wickeltisch fiel. Und im Krankenhaus am Hinterkopf genäht werden musste. Bei dieser Gelegenheit stellte sich heraus, dass Christiane Blutgruppe B hatte. Ich hatte A. Und Sarah auch.

Natürlich stellte ich sie zur Rede. Kaum dass ich wieder aus der Klinik zurück war.

Sie musste zugeben, dass Ludwig Gonzales, ein ehemaliger Mitschüler von ihr, in die Stadt gekommen war. Zu einer Art Konzert. Als Bassist einer Rockband. Er war der Sohn einer Spanierin, die sein Vater auf einer Geschäftsreise kennengelernt hatte.

Speedy. So nannten ihn alle in der Schule. Und auch danach.

Sarah war jahrelang unsterblich in Speedy verliebt gewesen. Während ihrer gemeinsamen Schulzeit. Und dann stand er plötzlich vor der Tür. Durch die ich nach einer unserer zahlreichen und lautstarken Streitereien wutentbrannt geflüchtet war. Speedy gefiel ihr. Wie eh und je. Und er verstand sie ja so gut! Das Ende vom Lied war, dass sie zusammen im Bett gelandet sind.

Ich ließ schon zwei Tage, nachdem ich das mit der Blutgruppe erfahren hatte, einen Vaterschaftstest durchführen. Ich hatte recht: Christiane war Speedys Kind.

Natürlich lag sofort wieder Scheidung in der Luft. Aber dann kapierte ich, dass Sarah Speedy nie wieder sehen würde. Und dass sie die Frau war, mit der ich mein Leben verbringen wollte. Trotz allem. Und, dass Christiane mich immer noch anlächelte. Ich blieb bei meiner Frau. Aber ich stellte eine Bedingung. Dafür, dass ich beim Gericht keinen Antrag auf Feststellung der Vaterschaft stellte. Sarah musste mir versprechen, dass sie noch ein weiteres Kind bekommen würde. Von mir. Gut ein Jahr später kam dann Birgit zur Welt.

Man kann sagen, was man will, aber nicht, dass ich Christiane anders behandelt hätte als die anderen. Im Gegenteil. Manchmal hatte sie es sogar besser als ihre Schwestern. Weil ich sie bevorzugte, um mir nur ja nicht nachsagen zu lassen, dass ich sie benachteilige.

Und dann das!

Clever angestellt hat sie es. Das muss man ihr lassen. Klar. Dumm ist sie ja nicht. War sie nie, die Frau Professor.

Mein Gott, was habe ich für einen Dusel gehabt!

An meinem Geburtstag dachte ich mir natürlich nichts dabei, als Christiane die Treppe von meinem Schlafzimmer herunterhuschte, während ich von der Toilette kam. Ich konnte mir zwar nicht so recht vorstellen, was sie da oben gewollt hatte. Aber ich dachte auch nicht ernsthaft darüber nach. Erst nach dem, was ich mit Simone und Birgit erlebt hatte, kam ich auch bei ihr ins Grübeln. Was hatte Christiane in meinem Schlafzimmer verloren? Ich kam auf keine vernünftige Antwort.

Zuerst.

Aber dann fiel mir ein, dass ich mich am Abend meines Geburtstages darüber gewundert hatte, wie meine Pillenschachtel in der Nachttischschublade lag. Ich meine, wenn ich die Schachtel selbst hineinlege, liegt sie immer so, dass die Tabletten für den Sonntag nach vorne zeigen. Damit keine Verwechslungsgefahr besteht. Und als ich an dem Abend meine Medikamente einnehmen wollte, zeigte der Samstag nach vorn. Zunächst glaubte ich natürlich, dass mir dieser Fehler selbst unterlaufen war. Obwohl ich es mir eigentlich nicht vorstellen konnte. Nicht, nachdem ich die Schachtel seit Jahren immer auf dieselbe Art und Weise in der Schublade platziere. Aber ich drehte die Schachtel wieder um und dachte nicht weiter darüber nach.

Aber jetzt sah natürlich alles ganz anders aus. Und jetzt war ich mir auch wieder sicher, dass ich die Tabletten nicht falsch herum in die Schublade gelegt hatte. Ich kann nicht sagen, warum. Ich wusste es einfach. Also musste es jemand anderes gewesen sein. Viele Möglichkeiten gab es nicht. Ich habe Christiane sofort herzitiert. Sie hat es ziemlich schnell zugegeben. Dass sie mich umbringen wollte. Dass sie die Pillen gegen wirkungslose Placebos ausgetauscht hatte.

Da saß auf einmal die ach so gescheite, überhebliche, arrogante Frau Professor in meinem Wohnzimmer und schluchzte mir etwas vor. Von ihren Wünschen. Nein. Sie sprach doch tatsächlich von ihrer ‚Sehnsucht'! Davon, dass sie alles andere als freiwillig alleine geblieben sei. Davon, wie glühend sie Birgit immer beneidet hatte. Und von einem Sven.

Meine Güte! Wer hätte denn ahnen können, dass ausgerechnet Christiane einen Mann wollte!

Aber wirklich gewundert hat es mich nie, dass sie keinen abbekam. Welcher Mann will sich denn jeden Tag aufs Brot schmieren lassen, dass er so viel dümmer ist als sie?

Mein Gott! Wie oft hat sie mir vorgeworfen, dass ich ‚nur' ein Bäcker bin! Dass ich ihr bei den Hausaufgaben nicht helfen kann wie andere Väter. Nein. *Gesagt* hat sie so etwas natürlich nicht. Aber ich spürte, wie sie mich und meinen Beruf verachtete. Dass ich nicht studiert hatte. Dass ich keine Bücher las.

Wann um alles in der Welt hätte ich denn Bücher lesen sollen? Mit beiden Händen im Brotteig vielleicht?

Ich konnte doch nichts dafür, dass mein Vater so stur war.

‚Wenn du sitzen bleibst, kommst du runter vom Gymnasium und lernst einen vernünftigen Beruf. So, wie ich auch. Basta!'

Eine genaue Vorstellung davon, was ich einmal werden wollte, hatte ich damals nicht. Mal war es Pilot, mal Arzt, mal Raumfahrttechniker. Als meine Mutter starb, wurden meine Noten schlechter. Es wurde knapp. Dann kam die entscheidende Mathearbeit. Ich hätte mindestens eine 2,5 gebraucht. Der Lehrer teilte die Blätter aus, und ich hätte jauchzen können. Genau die Sorte von Aufgaben, die ich in den Wochen vorher stundenlang geübt hatte! Es konnte gar nichts schief gehen. Ich erlaubte mir sogar einen Blick zu meinem Nachbarn. Er war in derselben Situation wie ich. Nur dass er offensichtlich keinen blassen Schimmer hatte, wie er zu den Lösungen kommen sollte. Ich war nach drei Vierteln der Zeit fertig. Bei einer Aufgabe war ich mir nicht sicher. Aber für 2,5 würde es allemal reichen. Das war nicht die Frage. Wieder schaute ich zu meinem Nachbarn. Ein einziges Bild der Verzweiflung. Ich beugte mich so vorsichtig wie irgend möglich zu ihm hinüber und versuchte ihm den Lösungsweg mit ganz kurzen Worten zu erklären. Ich war schon fast fertig, als eine Stimme über mir donnerte: ‚Stamm, abgeben! Sechs!'

Ich erklärte. Ich bat. Ich bettelte.

Nichts half. Zuhause setzte es zusätzlich noch eine hinter die Löffel. Mein Vater glaubte dem Lehrer. Ich wurde Bäcker.

Am Anfang versuchte ich noch, an der Volkshochschule Kurse zu besuchen. Aber es ging nicht. Ich war zu müde abends, wenn ich mich zu den Seminaren schleppte. Und als ich mit der Meisterschule angefangen hatte, gab es überhaupt keine Freizeit mehr. Dafür war ich schon ziemlich früh Meister. Mit einem eigenen Betrieb. Ich konnte den Laden relativ billig kaufen. Der Inhaber wollte sich zur Ruhe setzen, und seine Kinder hatten keine Lust, Bäcker zu werden. Trotzdem musste ich mich bis über beide Ohren verschulden. Aber ich schaffte es! Ganz allein!

Na ja, Sarah hat mir schon viel geholfen. Zumindest am Anfang. Wir konnten das, was sie in der Klinik verdient hat, wirklich gut gebrauchen. Und dann kam Simone. Da blieb uns nichts anderes übrig, als mit dem auszukommen, was die Bäckerei abwarf. Ich musste eben noch früher aufstehen und noch härter arbeiten. Aber das machte mir nichts aus. Schließlich war ich der Mann, und ein Mann muss für seine Familie sorgen! Und ich habe es auch geschafft! Sarah konnte zuhause bleiben und sich um Simone kümmern. Es hätte alles wunderschön sein können. Und auf einmal - aus heiterem Himmel - fängt meine Frau davon an, wieder arbeiten gehen zu wollen. Dabei lief die Bäckerei zu diesem Zeitpunkt schon richtig ordentlich. Wir waren auf die paar Mark, die sie verdient hätte, zum Glück wirklich nicht mehr angewiesen! Ich war durchaus in der Lage, für ein Dach über dem Kopf und alles andere zu sorgen!

Zum Glück hat sich dieses Problem dann ganz von selbst gelöst: Sarah wurde wieder schwanger. Ich war glücklich. Und hatte Pläne. Ich wollte die Backstube vergrößern. Leute einstellen. Gesellen. Zwei oder drei. Und später vielleicht sogar noch einen anderen Meister. Damit wir mehr Lehrlinge aufnehmen konnten. Alles war in bester Ordnung. Bis sich herausstellte, dass meine Frau mir ein Kuckucksei ins Nest gelegt hatte!

Erst einmal ließ ich mich volllaufen. Eine ganze Woche lang. Jeden Abend. Dann drohte ich ihr Prügel an, wenn sie mir nicht sagt, von wem sie das Kind hat.

Ich fand ihn. Speedy. Ich polierte ihm ordentlich die Fresse. Und er, statt es wegzustecken wie ein Mann, rennt zur Polizei. Der Termin beim Strafrichter stand schon fest, da zog er seine Anzeige zurück. Keine Ahnung warum. Vielleicht überredete Sarah ihn. Wie auch immer: Er hatte nur bekommen, was er verdiente!

Als Nächstes ließ ich mich von einem Anwalt beraten. Wie das ist mit einer Scheidung. Er meinte, das sei kein Problem. Schließlich war sie es, die fremdgegangen war.

Ich habe heute keine Ahnung mehr, wie ich meinen Laden damals am Laufen hielt. Ich stand wochenlang vollkommen neben mir. Immer wieder Alkohol. Gleichzeitig erzählte Sarah allen, die es hören wollten, und allen, die es nicht hören wollten, dass Christiane eindeutig nach mir käme. Man würde es an den Augen sehen. So kam niemand auf die Idee, dass irgendetwas nicht stimmen könnte. Ja, und irgendwann war es zu spät. Irgendwann konnte ich einfach nicht mehr mit der Wahrheit kommen. Sarah glaubte, dass es Christianes Lächeln war, das mich davon abhielt, den Anwalt wirklich mit der Scheidung zu beauftragen. Aber das stimmt nicht. Es war nicht Christianes Lächeln. Ich hatte einfach keine Lust, allen gegenüber zugeben zu müssen, was passiert war. Dass ich der betrogene Ehemann war. Dass mir ein windiger Musikant Hörner aufgesetzt hatte. Ich wäre zum Gespött meiner gesamten Bekanntschaft geworden. Ich habe sie schon gehört. Wie sie sich hinter vorgehaltener Hand über mich lustig machen. Wie sie sich hämisch fragen, ob ich denn nicht in der Lage gewesen wäre, Sarah im Bett das zu geben, was sie braucht.

Um wie viel einfacher war es da, weiter mitzuspielen und sich als Bild von einem Mann feiern zu lassen! Einem Mann, der vor Potenz strotzt.

Ich überlegte oft, wie alles gekommen wäre, wenn ich tatsächlich zum Gericht gelaufen wäre und gegen die Vaterschaft geklagt hätte.

Damals hätte ich noch einmal ganz von vorne anfangen können. Ich hätte bestimmt eine andere Frau gefunden. Eine, die nicht meint, unbedingt auch arbeiten zu müssen. Eine, die zufrieden ist mit dem Leben, das ich ihr bieten kann. Eine, die nicht darauf angewiesen ist, es sich von jedem dahergelaufenen Rocker besorgen zu lassen.

Inzwischen denke ich, dass es wahrscheinlich ein Fehler war, bei Sarah und den Kindern zu bleiben. Aber damals war es der wesentlich einfachere Weg. Zumal Sarah ein weiteres Kind bekam. Von mir.

Birgit.

Die ist von mir. Da bin ich mir sicher. Nachdem ich betrogen worden war, überprüfte ich jeden einzelnen Schritt, den Sarah machte. Noch einmal würde mir das nicht passieren, schwor ich mir!

Mit den Jahren gewöhnte ich mich an Christiane. Nur diese Hochnäsigkeit. Dieses ‚du bist doch nur ein einfacher Bäcker', das brachte mich jedes Mal wieder auf die Palme. Da merkte man eben doch, dass ich nicht ihr wirklicher Vater bin. Dass Blut dicker ist als Wasser.

Auf der anderen Seite machte sie nie Probleme. Saß in der Ecke und las. Weiß der Teufel, was für Zeug sie da alles verschlang! Und immer sehr gute Noten. Da kann man nichts sagen. Sie hat es ja dann tatsächlich bis zur Professorin gebracht. Als Christiane viele Jahre später zum ersten Mal an der Universität eine Vorlesung hielt, saß ich in der ersten Reihe. Im schwarzen Anzug. Und einer von den ganz Oberen ist zu mir gekommen und hat mir die Hand geschüttelt. Vor den ganzen Leuten!

Das war schon was!

Nur Simone zickte an dem Nachmittag ständig rum. Ich habe keine Ahnung, was die hatte. Aber sonst war es ein richtig toller Tag!

Christiane hatte es endgültig geschafft. Sie war auf niemanden mehr angewiesen. Sie verdiente ein Schweinegeld.

Musste sie auch, denn mit Männern konnte sie es überhaupt nicht. Ich weiß nicht warum. Simone hatte da weniger Probleme. Und Birgit schon gar nicht! Nur bei Christiane wollte und wollte sich nichts tun. Ich kann mich nicht erinnern, dass sie es je einmal ernsthaft versucht hätte. Und dann wundert sie sich, dass nichts passiert!

Von einem Sven bekam ich nur ganz am Rande etwas mit. Er rief ein paar Mal an und wollte mit Christiane sprechen. Brachte kaum einen Satz heraus. Daran kann ich mich noch erinnern.

Nach ihrem Mordversuch beichtete Christiane mir alles. Ich meine, warum sie mich umbringen wollte. Da kam heraus, dass sie Sven heiraten und sogar eine eigene Familie wollte. Ich fiel aus allen Wolken. Frau Professor ist wild darauf, Kindern die Rotznase zu putzen. Sie kann sich vorstellen dafür zu sorgen, dass das Essen auf dem Tisch steht, wenn ein stotternder Ehemann von der Arbeit nach Hause kommt. Ich dachte, ich höre nicht richtig!

Und dann kam der Clou. *Ich* sei schuld daran, dass Sven nichts mehr von ihr wissen wollte.

Was für ein Blödsinn!

Sie glaubte mir kein Wort und faselte irgendetwas von einem Brief. Den ich angeblich geschrieben hätte. Ich hatte nicht die leiseste Ahnung, wovon sie da redete. Aber als Christiane wieder weg war, dachte ich darüber nach. Was in dem Brief angeblich stand. Von wegen Sven sei nicht gut genug für Christiane und solcher Unfug.

Ich hatte so etwas nie geschrieben. Aber wer dann? Es kam eigentlich nur Simone in Betracht. Gelegentlich hatte ich den Eindruck, dass Simone sauer auf ihre Schwester war. Es gab keinen offenen Streit. Das nicht. Aber unterschwellig lief da etwas. Es sah so aus, als ob Simone neidisch auf ihre Schwester ist. Vielleicht auch nur auf ihre Karriere. Was weiß ich. Aber dass sie deswegen gleich so einen Brief schreibt? Passt eigentlich gar nicht zu Simone.

Trotzdem: Wer soll es sonst gewesen sein? Sonst *kann* das niemand getan haben. Es wusste doch sonst niemand, dass es einen Sven gab. Wenn Christiane überhaupt irgendjemandem etwas Näheres erzählt hat, dann war es Simone.

Ich für meinen Teil glaube ja, dass der Brief überflüssig war.

Wahrscheinlich wäre das sowieso nicht lange gut gegangen mit den beiden.

Ich überlegte, ob ich Christiane sagen sollte, dass der Brief in Wirklichkeit von ihrer Schwester stammte. Aber ich ließ es. Sie hätte mir ja doch kein Wort geglaubt. Sie wäre nicht davon abzubringen gewesen, dass ich es war, der diesen Sven vergraulte.

Meine Güte! Selbst wenn es so gewesen wäre! Dann hätte sie sich eben einen anderen suchen sollen. Männer gibt es schließlich wie Sand am Meer.

Auf jeden Fall hatte sie nicht den leisesten Grund, mir die Medikamente wegzunehmen. Um mich nach ein paar Tagen verrecken zu lassen wie einen Hund!

Wenn überhaupt jemand einen einigermaßen nachvollziehbaren Grund gehabt hat, mir ans Leder zu wollen, dann ist das möglicherweise Simone.

Ja, da könnte eventuell etwas dran sein.

Ich hätte vielleicht nicht behaupten sollen, sie sei gefahren.

An dem Tag, an dem Sarah starb.

Aber mein Gott! Was hätte ich denn tun sollen?

Ich hatte mich ja schon so gut wie damit abgefunden. Krankenhausnächte sind lang.

Fahrlässige Tötung bei Sarah. Fahrlässige Körperverletzung bei Simone. Das hätte mit Sicherheit Knast bedeutet. Bei meiner Vorgeschichte.

Als die Polizei dann tatsächlich im Krankenhaus auftauchte, dachte ich schon, jetzt ist es so weit. Jetzt holen sie dich. Ich zitterte wie Espenlaub und bekam kaum Luft. Es dauerte fast zehn Minuten, bis ich die Frage des einen Beamten kapierte. Er wollte ernsthaft wissen, wer denn bei dem Unfall am Steuer gesessen habe. Sie waren schon bei Simone gewesen, aber die konnte sich an nichts erinnern. Und sonst war ja niemand dabei. Zumindest niemand, der noch lebte.

Ich täuschte einen Hustenanfall vor und überlegte gleichzeitig fieberhaft. Innerhalb von Sekunden erkannte ich, was für eine gigantische Chance sich da möglicherweise für mich auftat. Ich konnte vielleicht aus der Sache herauskommen, ohne wieder in den Knast zurück zu müssen!

Ich gebe es zu: Gedanken an die Konsequenzen für Simone schob ich in dem Moment beiseite, als ich mich um eine möglichst feste, ernste Stimme bemühte und behauptete, dass sie am Steuer saß.

Letztlich war es ja auch gar nicht so schlimm. Eine Geldstrafe. Die ich selbstverständlich bezahlte. Obwohl sie das nicht wollte. Ich habe keine Ahnung warum. Und dass sie ihre Ausbildung nicht zu Ende machte, war schließlich ihre Entscheidung. Ich habe nie von ihr verlangt, ständig um mich herum zu hüpfen. Im Gegenteil: Ich war gottfroh, als ich dich kennenlernte, Maria, und Simone endlich auszog. Damals hätte sie ihre Prüfung ablegen und Botschafterin werden sollen. So, wie sie es immer vorhatte. Was kann ich dafür, wenn sie sich ein Balg anhängen lässt, kaum dass du im Haus warst, Maria?

Nein, nein, dafür ist sie schon selbst verantwortlich. Dass das mit ihrer Karriere so gründlich in die Hose ging. Bei Lichte betrachtet hatte sie kaum einen nennenswerten Nachteil von meiner falschen Antwort auf die Frage nach dem Fahrer des Unfallautos. Zumindest keinen, für den ich etwas könnte.

Wenn ich zugegeben hätte, dass ich am Steuer saß, hätte das für mich ganz, ganz anders ausgesehen. Ich war schließlich kein so unbeschriebenes Blatt wie Simone. *Ich* saß schon mal im Knast.

Nur in Untersuchungshaft.

Nur?

Dass ich nicht lache!

Es war die Hölle!

Dabei war ich vollkommen unschuldig. Ich habe es schwarz auf weiß. Einstellung des Verfahrens wegen erwiesener Unschuld. Sie gaben mir sogar Geld. Hinterher. Als Entschädigung.

Ich sollte jemanden umgebracht haben. Aus niederen Beweggründen. So nannten sie es. Aus Eifersucht. Weil Sarah mit ihm im Bett gewesen war.

Obwohl sie mir nach ihrer Affäre mit diesem windigen Musiker, den sie noch von der Schule kannte, hoch und heilig versprochen hatte, so etwas nie, nie, nie wieder zu tun.

Neun Jahre ging es gut.

Zumindest habe ich lange nichts mitbekommen. Bis dann eines Tages die Kriminalpolizei in meiner Backstube stand. Wo ich an dem und dem Tag um die und die Uhrzeit gewesen sei, wollten sie wissen. Mein Pech war, dass ich an dem Tag die Schnauze so voll hatte, dass ich mich auf meine Yamaha setzte und von morgens bis abends in der Gegend herumfuhr. Hinterher wusste ich nicht einmal, wo ich überall gewesen war. Das mache ich manchmal. Einfach so. Wenn ich die Schnauze voll habe. In diesem Fall wurde es fast zu meinem Verhängnis.

Sie hatten den Mann mit deutlichen Würgemalen am Hals aus dem Wasser gezogen. Am Stauwehr. Die Ermittlungen liefen an.

Und sie fanden ziemlich schnell heraus, dass der Mann ein Verhältnis mit Sarah gehabt hatte. Ein Nachbar sagte aus, dass er am Vorabend des Leichenfunds einen heftigen Streit hörte. Es waren zwei Männer. Er konnte zwar nicht genau hören, worum es ging. Aber den Namen Sarah, den hat er gehört. Da war er sich sicher. Es dauerte nicht lange, bis die Polizei wusste, wer diese Sarah war. Und nur wenig später fanden sie heraus, dass schon einmal ein Strafverfahren gegen mich gelaufen war, weil ich einen Liebhaber meiner Frau zusammengeschlagen hatte.

Zwei Tage, nachdem sie bei mir aufgetaucht waren, saß ich vor dem Haftrichter. Ein ganz junges Bürschchen. Noch nicht trocken hinter den Ohren. Aber mich einbuchten. Das durfte er schon!

Ich habe keine Ahnung, was Sarah den Kindern erzählte. Aber sie wissen bis heute nicht, wo ich die fünf Monate steckte. So lange, bis sich herausstellte, dass Sarahs Liebhaber ebenfalls verheiratet und vom Bruder seiner Frau erwürgt worden war. Weil der die Familienehre wieder herstellen wollte. Ich weiß nicht, wie sie dem wirklichen Täter auf die Schliche kamen. Ich weiß nur von meinem Wärter im Knast, dass der Nachbar des Ermordeten im Prozess gegen den Mörder zugab, dass es bei dem Streit auch um eine Clara gegangen sein könnte.

Clara. So hieß wohl die Schwester des Mörders.

Aber das alles war nicht mehr wichtig für mich. Nicht nach dem, was mir im Bau passiert ist.

Als ich wieder raus kam, war ich der gesetzestreueste Bürger der Welt. Kein Schummeln bei der Steuererklärung. Kein Schwarzfahren in der Straßenbahn. Selbst wenn ich nur eine Haltestelle weiter wollte. Nicht einmal das Auto im Parkverbot abzustellen, wagte ich. Ich wollte niemals wieder in den Knast! Alles, bloß das nicht!

Das schwor ich mir bei allem, was mir heilig ist! Und, dass nie auch nur eine Menschenseele von mir jemals erfahren wird, was im Knast passiert ist.

Sarah nicht und die Kinder schon gar nicht. Sonst hatte ich ja niemanden, dem ich es hätte erzählen können.

Und auch dir ich würde es nicht sagen, Maria, wenn ich nicht sicher wäre, dass du völlig weggetreten bist. Wegen der Medikamente.

Nicht einmal Doktor Wegener bekam ein Wort aus mir heraus, obwohl er mir mit seiner ewigen Fragerei ziemlich auf die Nerven ging. Ständig wollte er wissen, was mit mir los ist. So mir nichts dir nichts verändert sich eine Persönlichkeit nicht so grundlegend, hat er gemeint. Schließlich faselte er was davon, dass ich unbedingt eine Therapie machen soll. Er kenne da einen Kollegen, der auf solche ‚Fälle' spezialisiert sei.

Als ob ich ein ‚Fall' gewesen wäre!

Ich war ein Idiot. Das war ich!

Ich hatte nicht die leiseste Ahnung, wie es abgeht im Knast. Dass es Alpha-Tiere gibt. Vor denen die anderen Angst haben. Und kuschen. Und, dass die Wächter nichts dagegen unternehmen, weil ihnen so ein guter Teil ihrer Aufgabe, alles ruhig und unter Kontrolle zu halten, abgenommen wird.

Wer frisch eingeliefert wird und niemanden kennt, steht ganz unten. Und sollte sich auf gar keinen Fall - wirklich unter gar keinen Umständen - einen der Anführer zum Feind machen. Heute weiß ich das.

Damals wusste ich es nicht.

Ich war naiv genug zu glauben, ich könne einfach so zu den Wärtern gehen und mich darüber beschweren, dass wir nichts von den exotischen Früchten und der Schokolade abbekommen. Weil sich einige der Mithäftlinge ständig die ganzen Vorräte aus der Küche holten. Sie hatten irgendetwas gegen einen der Köche in der Hand und zwangen ihn, ihnen einen Nachschlüssel zu besorgen. Das hatte mir einer meiner Mithäftlinge hinter vorgehaltener Hand zugeflüstert. Und ich war so bescheuert, zu den Wächtern zu gehen.

Ich kann nicht sagen, dass die anderen mich nicht gewarnt hätten. Nein, das nicht.

Ich weiß nicht wie, aber auf einmal standen sie beim Hofgang alle um mich herum. Es waren fünf oder sechs. Derjenige, der das Sagen hatte. Und seine Gang. Sie drängten mich in eine abgelegene Ecke. Ein Knie rammte sich in meinen Magen, eine Faust landete in meinem Gesicht. Nicht so hart, dass hinterher etwas zu sehen gewesen wäre. Aber trotzdem ganz schön schmerzhaft.

Wenn ich da wenigstens meine Lektion gelernt hätte, wäre alles gut gewesen. Aber ich Schwachkopf habe mich zum zweiten Mal bei den Wärtern beschwert. Der offensichtliche Anführer der Gang fehlte in den folgenden Tagen beim Hofgang. Als er wieder da war, passierte zunächst gar nichts. Ich dachte schon, dass die Warnungen, die ich von anderen Häftlingen erhalten hatte, völlig übertrieben waren. Alles lief ganz normal seinen Gang.

Bis zum nächsten Sportnachmittag. Die Mitglieder der Gang waren bisher nicht beim allgemeinen Sport dabei. Der Boss und noch vier andere von ihnen trainierten gesondert mit der Basketballmannschaft, die der ganze Stolz der Gefängnisleitung war.

Die Jungs hatten gerade erst bei einem Turnier von verschiedenen Haftanstalten den Pokal geholt.

Diesmal war die gesamte Gang mit von der Partie. Zuerst machten wir Gymnastik. Da konnte man sofort sehen, dass die Jungs ordentlich Muckis hatten. Dann wurde Fußball gespielt. Zweimal 30 Minuten. Rauf und runter über den ganzen Platz. Ich war total ausgepowert hinterher und genoss das warme Wasser, das beim Duschen über meinen Körper strömte. So fiel mir viel zu spät auf, dass plötzlich, wie auf ein geheimes Kommando, alle, die mitgespielt hatten, aus der Dusche verschwanden. Alle bis auf die Gang. Wieder stellten sie sich im Kreis um mich auf. Machten seltsame Bemerkungen. Dass mein Bizeps beachtlich sei. Dass mein nasses Haar schön glänze. Dass ich einen echt knackigen Hintern habe. Zum Anbeißen.

Ich versuchte, einen Witz über Schwule zu reißen und mich an ihnen vorbeizudrücken. Vielleicht war erst das der entscheidende Fehler. Mit einem Mal stand der Anführer vor mir. Keine zehn Zentimeter entfernt.

Lange Haare. Strohblond. Über zwei Meter groß und Schultern wie ein Wandschrank. Ob ich etwas gegen Schwule habe, wollte er wissen und schubste mich gegen die gekachelte Wand. Ich rutschte aus und fiel zu Boden. Sofort war er bei mir, hob mich wieder hoch und schleuderte mich diesmal schon wesentlich heftiger gegen die Kacheln. Auf einen Blick von ihm packten mich zwei seiner Kumpane. Jeder hielt einen Arm fest. Sie ... sie schleiften mich zu den Waschbecken und drückten meinen Oberkörper auf das Porzellan. Dann ... hörte ich den Blonden hinter mir. Dass ich noch viel lernen muss, wenn ich im Knast überleben will. Dass ich gut daran tue, seinen Anweisungen strikt Folge zu leis-

ten. So drückte er sich tatsächlich aus. ‚Meinen Anweisungen
strikt Folge leisten.'

Seine erste Anweisung kam sofort hinterher. Ich soll ... die Beine
... schön breitmachen!

Er hat tatsächlich ‚schön' gesagt.

Ich bewegte mich nicht.

Die beiden anderen Kumpane zerrten meine Beine auseinander
und klammerten sie fest wie Schraubstöcke. So stand ich da:
Oberkörper auf das Waschbecken gepresst, Beine auseinander
gestemmt. Ich kann nicht sagen, warum, aber ich war, mir in dem
Moment noch sicher, dass nichts weiter passieren würde. Dass
das schon meine Lektion war. Dass sie mich nach einiger Zeit loslassen und unter allgemeinem Gejohle aus der Dusche werfen
würden.

Mir kam es wie eine Ewigkeit vor, wie ich so dastand. Aber ich
versuchte erst gar nicht, mich zu wehren. Ich wollte sie auf keinen Fall noch mehr reizen. Ich beschloss zu warten, bis es vorbei
ist. Ich wollte nur raus aus dieser verdammten Dusche.

Mein Blick war auf das Waschbecken gerichtet, als mein Kopf
plötzlich an den Haaren nach oben gerissen wurde. Ich sah im
Spiegel direkt auf den Blonden ... er stand da und ... spielte an
seinem Penis herum. Bis er hart wurde.

Dann ging es los.

Der Blonde rammte seinen Riesen-Schwanz in mich hinein. Stoß
um Stoß. Immer tiefer.

Und dann: vor, zurück.

Vor, zurück.

Vor, zurück.

Immer wieder.

Es hörte nicht auf.

Nach einer Ewigkeit hörte ich ihn laut aufstöhnen. Dann war es vorbei.

Dachte ich.

Aber jetzt kam der Nächste.

Wieder: vor, zurück.

Vor, zurück.

Noch wilder diesmal. Noch brutaler.

Ob du es glaubst oder nicht, Maria: Ich weiß heute nicht mehr, wie viele es waren, die mich ... in den Arsch gefickt haben.

Die körperlichen Schmerzen vergingen mit der Zeit. Es dauerte, aber dann wurde es jeden Tag besser.

Viel schlimmer war das andere.

Wenn ich in meiner Zelle saß und mehr als genug Zeit hatte, alles bis ins kleinste Detail wieder und wieder vor mir zu sehen.

Das anfeuernde Schreien der anderen. Das ständig in meinen Ohren hallte. Das ich manchmal heute noch höre. Nachts. Wenn ich nicht schlafen kann. Weil die Szene in der Dusche wieder hochkommt.

Mit der Erinnerung daran, wie ich ihnen mit Haut und Haaren ausgeliefert war.

Mit dem lautlosen Schrei: ‚Wieso-hilft-mir-denn-keiner?'

Mit der Überzeugung, dass ich der letzte Dreck bin.

Damals konnte ich mich nicht wehren.

Aber jetzt kann ich es!

Sie werden es mir büßen, meine Mädels. Dass sie mich töten wollten! Alle drei! Jede von ihnen!

Ich habe sie in der Hand! Schließlich reicht ein Wort von mir, und sie sind wegen versuchten Mordes dran!

Sie werden sich um ihren alten Vater kümmern! So, wie sich sonst niemand um seinen Vater kümmert. Sie werden mir jeden Wunsch von den Augen ablesen! Sie werden nach meiner Pfeife tanzen! Ich allein bestimme, was sie wann und wie für mich tun! Und das Beste ist: Sie können sich nicht wehren. Dann werden sie sehen, wie es ist, wenn man sich nicht wehren kann! Wie es ist, wenn jemand anderer ganz allein bestimmt, was geschieht!

Sie sollen nur kommen, meine Fräulein Töchter! Sie wollten mir mein Leben nehmen. Ich werde ihnen das ihre zur Hölle machen!

DRITTER TEIL

EINUNDDREISSIG

Hedwig, 79

14. Januar 2011, 11 Uhr 45. ICE Hamburg – Stuttgart

Mein Gott, wie ich diese Zugfahrten hasse! Dabei habe ich noch Glück. Nur eine andere Person im Abteil. Und die schläft. Ohne zu schnarchen. Es hat eben doch einiges für sich, wenn man sich erste Klasse leisten kann. Trotzdem: Ich hätte fliegen sollen! Aber keine von Sarahs Töchtern ist offensichtlich willens, mich vom Flughafen abzuholen! Und die ganze Strecke mit dem Taxi kommt natürlich überhaupt nicht infrage! Wie sagt mein Carsten immer? Reichtum kommt davon, dass man möglichst wenig Geld ausgibt. Recht hat er!

Ich habe es mir lange überlegt. Ob ich wirklich die weite Strecke fahren soll. Obwohl ich ihn nie ausstehen konnte. Aber Sarah hat ihn nun mal geheiratet. Daran ist einfach nicht zu rütteln.

Simone rief mich an. Das war ja wohl auch das Mindeste! Aber dass sie mir die Zeitung mit der Anzeige schicken soll, musste ich ihr noch ausdrücklich sagen. Sie kommt leider auch aus dieser Familie. Eben Leute, die keinerlei Gefühl dafür haben, was sich gehört.

Schreiben seine ... wie haben sie sie noch genannt? Wo habe ich die Zeitung nur hin gesteckt? Ah, ich weiß: in der Reisetasche. Linkes Seitenfach.

Hier haben wir es!

Es gibt ein Leid,
das fremden Trost nicht duldet
und einen Schmerz,
den sanft nur heilt die Zeit

Nach einem tragischen Unglücksfall
nehmen wir Abschied von unserem
Lebensgefährten, Vater, Schwiegervater,
Opa und Schwager

Bernhard Stamm

* 23. Dezember 1935 † 10. Januar 2011

Maria Schäfer
Simone Raschke mit Familie
Christiane Stamm
Birgit Armbruster
Hedwig Lüdersen mit Familie

Die Beerdigung findet am Freitag, 14. Januar 2011 um 14 Uhr
auf dem Bergfriedhof statt

Seine Lebensgefährtin steht mit drauf! Was ja an sich schon mehr als grenzwertig ist. Aber dass sie sogar ganz oben steht, noch weit vor meinem Mann und mir, das ist der Gipfel!

Und was ich auch überhaupt nicht verstehe, ist, dass Christiane ihren Titel weggelassen hat. Einfach nur Christiane Stamm. Wie sieht denn das aus? Man könnte ja meinen, dass sie vielleicht gar nicht mehr Professorin ist! Dabei ist sie die Einzige, die es zu etwas gebracht hat. Was kein Wunder ist. *Sie* ist schließlich nicht das Kind von Bernhard.

Du lieber Himmel! Wie oft habe ich Sarah ins Gewissen geredet! Sie hätte weiß Gott andere Partien machen können. In der Klinik, in der sie arbeitete, gab es doch bestimmt jede Menge knackige Ärzte und Professoren. Ein bisschen Bewunderung heucheln, ein bisschen mit dem Hintern wackeln, ein verführerisches Lächeln im passenden Augenblick und sie hängen an der Angel. So schwer ist das doch nun wirklich nicht! Aber Sarah musste ja sich unbedingt einen *Bäcker* an Land ziehen!

Und vererbt hat sich das auch noch! Zumindest auf Christiane. Schleppt die doch tatsächlich einen behinderten Bauarbeiter an! Simone erzählte mir am Telefon davon. Als ich vorschlug, sie solle ihrer Schwester ins Gewissen reden, wollte sie nichts davon wissen. Es sei Christianes Entscheidung. Da wolle und könne sie sich nicht einmischen.

Wenn ich so etwas schon höre!

Ich ließ mir von ihr die Adresse von Christianes Bauarbeiter geben und schrieb ihm einen Brief.

Danach war Ruhe.

Und das Ergebnis gibt mir recht: Christiane ist Professorin! Sie hat zum Glück heute anderes zu tun, als Baudreck aus den Hemden und Hosen eines Behinderten zu waschen!

Was ich getan habe, war also nur zu ihrem Besten. Sie sollte mir dankbar sein. Aber Dankbarkeit ist ja nicht mehr in Mode heutzutage. Keine von den Dreien hat mich eingeladen, bei ihr zu wohnen. Nicht einmal Simone.

Mal sehen. Wenn die Beerdigung nicht allzu lange dauert, fahre ich sofort wieder zurück. Dann spare ich das Geld für die Übernachtung. Und auf die Tasse Kaffee und das Stück Kuchen beim Leichenschmaus bin ich nun wirklich nicht angewiesen!

VIERTER TEIL

ZWEIUNDDREISSIG

Maria, 62

14. Januar 2011. 13 Uhr 50. Friedhof, Aussegnungshalle.

Da liegst du jetzt.

Kalt und steif.

Zehn Minuten habe ich noch.

Dann fängt die Beerdigung an.

Aber vorher habe ich dir noch einiges zu sagen!

Bernhard, du weißt so vieles nicht.

Zum Beispiel, dass mir durchaus bekannt ist, was du getrieben hast. Ich habe die Kamera schon vor Monaten entdeckt. Mit der du Filme aufgenommen hast. Mit mir als ... weiblicher Hauptperson.

Wenn du schon solche Filme brauchst, warum kaufst du sie dann nicht in einem Sexshop? So, wie andere Männer auch?

Soll ich dir etwas sagen? Ich habe es gehasst! Und wie ich es gehasst habe! Sex mit dir zu haben und genau zu wissen, dass eine Kamera mitläuft. Und glaube ja nicht, dass ich dann nicht mitbekam, was du immer in der Laube getrieben hast. Beim ersten Mal, als ich dir hinterherlief, stand ich noch vor der abgeschlossenen Tür. Dann besorgte ich mir einen Nachschlüssel. Du warst viel zu beschäftigt mit dir selbst. Du hast nicht bemerkt, wie ich den Schlüssel umdrehte und dir zusah. Die Läden des großen Fensters fest verschlossen und verriegelt, Kerzen auf dem Tisch, Cognacflasche und -schwenker neben dem Sessel. Und du vor dem Notebook mit den Hosen in den Kniekehlen.

Nein. Du hast recht. Du hast mich nie gezwungen. Ich habe alles freiwillig mitgemacht.

Nicht, weil ich dich immer noch geliebt hätte wie am Anfang. Sondern weil ich panische Angst davor hatte, dass du mich hinauswirfst, wenn ich nicht tue, was du von mir verlangst. Wo hätte ich denn hin können? Ich hatte doch niemanden! Außerdem: in meinem Alter? Ohne je etwas gelernt zu haben, mit dem man seinen Lebensunterhalt bestreiten könnte?

Dass du keine Sekunde vorhattest, mich zu heiraten, war mir ziemlich schnell klar. Aber du warst weiß Gott auch nicht mehr der Jüngste! Und ich dachte, wenn alles so läuft, wie du es haben willst, dann bin ich für den Rest meines Lebens versorgt. Also machte ich dir den Haushalt. Und ließ mich beim Sex filmen. Obwohl ich es hasste.

Wenn es gut lief, waren es zehn Minuten. Wenn nicht, eine halbe Stunde. Das ging vorbei. Und so oft war es ja dann in den letzten Jahren auch nicht mehr. Je mehr du dich in deiner Laube aufhieltest, umso weniger wolltest du von mir. Irgendwie ging es. Bis ich dann krank wurde. Ich hielt das einfach nicht mehr aus, eine billige Putzfrau zu sein, die sich nicht wehren kann, weil sie auf Gedeih und Verderb ausgeliefert ist. Ob du es glaubst oder nicht: Mit der Zeit fühlte ich mich in der Klinik immer wohler. Alle kümmerten sich rührend um mich. Ich bekam das Essen aufs Zimmer serviert. Es wurde für mich geputzt und gewaschen. Am liebsten wäre ich für immer dort geblieben. Natürlich nicht, wenn ich in der geschlossenen Abteilung gewesen wäre wie ganz am Anfang. Aber so konnte ich in den Park zum Spazierengehen, in den Fernsehraum, in die Cafeteria und ins Hallenbad, wann immer ich Lust dazu hatte. Das einzige Problem waren die Medikamente. Ich hatte schon länger den Eindruck, dass mir die ganzen Pillen überhaupt nicht helfen. Und wenn ich sie nahm, war ich jedes Mal erst wie weggetreten, und manchmal wurde es mir auch speiübel davon. Also habe ich mich irgendwann nach Weihnachten dazu durchgerungen, damit aufzuhören. Ich schob die Pillen zwar immer noch brav in den Mund. Aber sobald die Schwester das Zimmer verlassen hatte, verschwanden sie im Klo. Vor deinem Besuch an Silvester war das nicht anders. Ich hörte jedes Wort. Das Problem war nur, die Augen geschlossen zu halten und wenigstens einigermaßen ruhig weiter zu atmen. Ich bin mir sicher: Wenn du gemerkt hättest, dass ich wach bin, hättest du mit Sicherheit nicht mehr weitergeredet.

Ich weiß nicht genau, warum, aber ich bekam Angst vor dir. Vor deiner Skrupellosigkeit. Vor deiner Hinterhältigkeit. Ich wollte nicht mehr zurück zu dir. Aber nach den Heiligen drei Königen haben sie mich regelrecht hinausgeworfen. Ich musste zurück zu dir. Ich hatte ja sonst niemanden.

Du warst noch unerträglicher als sonst. Nichts konnte ich dir mehr recht machen. Entweder hast du stundenlang stumm vor dich hingebrütet, oder du hast geschrien. Und mich wie ein Dienstmädchen herumkommandiert. Langsam aber sicher begann ich Simone, Christiane und Birgit zu verstehen. Ich wollte mehr von ihnen wissen. Deine Version der Geschichte kannte ich schon. Jetzt wollte ich ihre. Direkt, und nicht durch deine Brille gefiltert. Deshalb lud ich alle drei zu einer Tasse Kaffee ein. Sie sagten unter der Bedingung zu, dass du nicht zuhause bist. Also suchte ich den zehnten Januar aus, einen Tag, an dem du etwas in der Stadt zu erledigen hattest. Aber du kamst viel früher zurück als erwartet. Du warfst nur einen Blick ins Wohnzimmer und hast losgedonnert: ‚In zwei Minuten will ich keine von euch mehr hier sehen!'

Dann bist du voller Wut aus dem Haus gerannt. Wir sahen aus dem Fenster, wie du durch den Garten marschiert und in der Laube verschwunden bist. Wir blickten uns an. Simone und ich nickten uns zu. Wir wussten Bescheid. Alle setzten sich wieder und die drei Schwestern redeten weiter.

Als ich nach einiger Zeit aus dem Fenster blickte, damit die Drei meine Tränen nicht bemerkten, sah ich, dass aus dem Fenster der Laube Rauch aufstieg.

Die Laube brannte.

Und du, Bernhard, bist in den Flammen umgekommen.

DREIUNDDREISSIG

Simone

14. Februar 2011. 2 Uhr 34. Bergfriedhof.

Wir rannten natürlich sofort zur Laube, Mama. So schnell wir konnten. Noch auf dem Weg verständigte Christiane die Feuerwehr per Handy. Als wir ankamen, sahen wir Flammen aus dem großen Fenster züngeln. Eine Kerze musste umgefallen sein. Eines der Bilder Feuer gefangen haben.

Wir hörten Papas verzweifelte Schreie durch die Laubentür. Und wir hörten, wie er mit aller Kraft versuchte, die Tür aufzutreten. Mir war sehr schnell klar, was das bedeutete. Auf dem Regal unter dem Fenster standen meine ganzen Ölfarben sowie die Lösungsmittel zum Reinigen der Pinsel. Das Fenster schied deshalb als Fluchtweg aus. Und offensichtlich war er nicht in der Lage, die Tür aufzuschließen. Entweder lag der Schlüssel unerreichbar auf dem Regal unter dem Fenster. Oder Papa hatte ihn in seiner Panik verloren und konnte ihn nicht wiederfinden. Sofort zog ich meinen Laubenschlüssel aus der Tasche. Aber als er sich bereits in Höhe des Schlosses befand, hielt ich inne. Die Feuerwehr würde mit Sicherheit zu spät kommen. Die Tür war robust. Sie würde Papas Tritten standhalten. Eine andere Fluchtmöglichkeit hatte er nicht. Jeder würde mir ohne Weiteres glauben, wenn ich behauptete, dass ich meinen Laubenschlüssel nicht dabei hatte. Schließlich benutzte ich die Laube schon einige Zeit nicht mehr zum Malen.

Die Flammen schlugen jetzt auch schon aus dem Dach.

Ich schaute, den Schlüssel immer noch wenige Zentimeter vor dem Schloss, zu Birgit. Sie nahm die Hand, in der ich den Schlüssel hielt. Und zog sie ganz sachte vom Schloss weg.

Mein Blick wanderte zu Christiane. Sie nickte. Erst zaghaft. Dann bestimmt. Ich versuchte, den Schlüssel wieder einzustecken. Aber Maria riss ihn mir aus den Fingern. Christiane reagierte blitzschnell. Sie sagte Maria zu, dass sie Bernhards Haus behalten darf. Dass sie damit machen kann, was sie will. Zum Beispiel, es verkaufen und mit dem Geld eine kleine betreute Wohnung erwerben. Oder in ein teures Seniorenheim ziehen, wo sie sich um nichts mehr kümmern muss und sorgenfrei leben kann. Maria überlegte nur kurz. Dann gab sie mir den Schlüssel zurück. Ich steckte ihn in die Tasche.

Es dauerte nur noch etwa zwei Minuten, bis das Treten gegen die Tür aufhörte.

VIERUNDDREISSIG

Christiane

15. April 2011. 19 Uhr 30. Arbeitszimmer der Villa
Silcherstraße 29.

Simone erklärte es uns hinterher. Es war Totschlag durch Unter-
lassen. Mindeststrafe fünf Jahre. Aber dazu wird es nicht kommen. Niemand hat bisher auch nur den leisesten Zweifel an der
Geschichte angemeldet, die wir alle vier immer und immer wieder erzählten. Die Geschichte von unserer Panik angesichts der in
Flammen stehenden Laube. Die Geschichte von unseren abgebro-
chenen Fingernägeln beim Versuch, die Türe mit bloßen Händen
aufzubrechen.

Maria hat sich inzwischen für die Seniorenresidenz ‚Altersfrie-
den‘ entschieden.
Bei der Pflege von Bernhards Grab wechseln wir uns im Vierwo-
chenrhythmus ab.

Alle im AAVAA Verlag erschienenen Bücher sind
in den Formaten Taschenbuch und
Taschenbuch mit extra großer Schrift
sowie als eBook erhältlich.

Bestellen Sie bequem und deutschlandweit
versandkostenfrei über unsere Website:

www.aavaa.de

Wir freuen uns auf Ihren Besuch
und informieren Sie gern
über unser ständig wachsendes Sortiment.

Hansjörg Anderegg

WohlTöter

Thriller

Hans Lebek

Lobwedge

Ein gefährlich guter Schläger

Kriminalroman

AAVAA
VERLAG

Mario Lenz

Schleichender
Wahnsinn

Psycho-Thriller

www.aavaa-verlag.com